A mi padre por enseñarme a soñar.
Y a mi madre por enseñarme a caminar.

I happened when you saw me.

LINCOLN

«Crees que estás huyendo de tu hogar, pero estás huyendo de ti mismo.» Desconocido.

Antes de que muriera la noche, cuando todo el mundo dormía y no había más oficios que hacer, Lincoln se sentó en su cama, mirando por la ventana, un hábito reservado para momentos de profunda contemplación. Un repentino timbre rompió el silencio, devolviéndolo a la realidad: era su padre. «Probablemente tu madre ya te ha hablado», dijo él. «Te llamo para preguntarte: ¿cómo debería poner fin a la vida de Kathy? ¿Rápida o lentamente?».

Los pensamientos de Lincoln giraban en un caos. Las palabras de su padre resonaban en su mente, y no podía evitar preguntarse sobre el destino de Kathy. ¿Realmente moriría, lenta y dolorosamente, a manos de su padre? No podía soportar el pensamiento, pero persistía, ineludible.

Lincoln despertó sobresaltado, su cuerpo cubierto de sudor y lágrimas desbordando. En ese instante, se dio cuenta de que nunca había tenido una perra llamada Kathy, tampoco una madre, y mucho menos un padre. Aun así, en los rincones de su sueño, esos tres personajes se sintieron tan reales y tangibles como las lágrimas que desbordaban de sus ojos. En la oscuridad, lejos del lugar que lo vio nacer, tuvo una profunda realización: conocemos la muerte de la mano de Dios o bajo el poder del otro.

————

Lincoln Sorni nació en un pueblo chico de México, como la consecuencia de una jugada maestra de su «querida» madre. A pesar de no tener estudios, logró casarse con un hombre, que aunque tampoco era instruido, trabajaba como un burro para sostener la familia, y ahora, también, a su nueva novia.

Ella, la otra, craneaba un plan perfecto: embarazarse y arrebatarle el hombre a su esposa, quien ya cargaba con dos hijos y una rutina que la consumía. Ella, la madre, al descubrir el descaro de su esposo dividiendo su tiempo entre dos casas, sintió cómo el miedo a perderlo se clavaba en su pecho. No era el dinero lo que temía perder; era él. Ella, la madre, era una mujer de carne y hueso, eternamente enamorada y vilmente obsesionada con su hombre.

Ella, la otra, no era más joven ni más vieja que la madre, pero tenía algo que a ella, la madre, le faltaba por su devoción a la iglesia: un descaro arrebatado y un historial de hombres, que ella, la madre, ni siquiera se atrevería a mirar ni con el rabillo del ojo. Ella, la madre, usó todos sus atributos físicos para atraer a su esposo y quitárselo a la otra, incluso recurrió a la magia negra, pero ese hombre estaba tan entusiasmado con aquella otra, que en vez de acercarlo, lo alejaba más. El hombre no solo comenzó a dormir en casa de la otra los días de semana, sino también los fines de semana, despertando en ella, la madre, una amargura existencial, que injustamente desquitaba con sus dos hijos. Pero la oportunidad de que la narrativa de un palo y dos casas cambiara, se presentó en su puerta una mañana, en forma de lechero.

El lechero no alcanzaba los dieciséis años y ya había abandonado la escuela para ganar unos pesos vendiendo leche. Era tan pobre el lechero, que tenía cara de preñador. La madre, tímidamente, lo observaba cada mañana al él dejar la leche. Él respondía sus miradas, pero ambos eran tan tímidos, que las susodichas miradas terminaban siendo muy infantiles e incómodas. Una mañana, la madre decidió actuar desesperada como respuesta a un rumor de que su esposo la abandonaría. Así que despachó a sus hijos al colegio más temprano de lo normal, y esperó al lechero en un vestido que caía debajo de las rodillas. Aunque era viejo, casi traslúcido, a ella le quedaba perfecto, exaltando la predominancia de su culo y sus masivas tetas, que luego de haber amamantado a sus dos hijos, aún se sostenían firmes a pesar de la ley del piso.

El lechero gustaba de esa mujer, pero su talento era vender leche, no conquistar mujeres casadas con hijos. Y el talento de la mujer era adorar ciegamente a su marido, no desvirgar surtidores de leche. Sin embargo, en vista de su urgencia y el poco ingenio, recurrió al viejo cliché de las tuberías rotas. Cuando el lechero le preguntó cuáles tuberías quería que él le arreglara, a ella se le ocurrió decir que las del baño, pero pronto su mentira se vio expuesta. Con la voluntad del gallo, se paró en la puerta del baño y se subió el bolero del vestido. Lo que sucedió seguidamente la tumbó sobre una camilla de hospital nueve meses después, pero ella supo de su preñez el mismo día del depósito de leche. No transcurrió mucho tiempo antes de que los rumores se esparcieran por el pueblo, y por supuesto, esos rumores nunca llegaron a ella, pero a su esposo sí; tres hombres de pueblo juntos son diez veces más chismosos que dos mujeres lavando ropa ajena en bateas de cemento. Cuando el esposo la interrogó como a una puta, ella, asumiendo el rol principal de sus novelas favoritas, lo negó todo, llorando ofendida. Cuando Pastor nació, su padre que no era su padre, al verlo supo que ese no era su hijo. Así que buscó al lechero. Al confrontarlo, el padre del lechero, intervino con una risa a carcajadas, afirmando con un dejo de decepción, que su hijo era muy pendejo para comerse a tremendo mujerón, y mucho menos embarazarla, saboreándose los labios frente a su esposa, la madre del lechero, mientras pensaba en la madre que se comió su hijo, el lechero. El padre que no era su padre llamó a la criatura Pastor, solo para recordarse todos los días que él era un impostor comiendo y viviendo gratis en su casa. Esa fue la primera y última vez que lo sostuvo en sus brazos.

Pastor creció en un hogar hostil, desatendido por razones que, el pobre nunca entendió, pero que lo convirtieron en un niño especial e irremediablemente sensible. Lloraba sin razón aparente, combatiendo en silencio una sensación de abandono que nunca lo abandonó. Su refugio fueron las novelas dramáticas y las películas de Hollywood, donde encontró un mundo ideal de mansiones blancas, familias felices, carros de lujo y neveras llenas de todo tipo de alimentos— la nevera de su casa siempre permanecía vacía con agua y algunas veces hielo.

Con vergüenza, Pastor portaba una serie de manierismos delicados, enfrentándose a burlas constantes a donde fuera que el movimiento de sus piernas con su culito parado lo llevaran. En la escuela, sus compañeros lo encerraban en un baño, lo despojaban de sus ropas, dejándolo en calzoncillos, para luego obligarlo a cruzar el patio en las horas de descanso. Todos reían, incluso los profesores, especialmente el profesorado masculino. Esos días, Pastor deseó fervientemente ser cuadripléjico para no tener que caminar nunca más en su vida.

En casa, su padre que no era su padre, lo observaba con desprecio, y con tan poco control de su ira, lo encerraba por horas en una caja de madera, donde Pastor no solo aprendió a soportar, sino también aprendió a soñar despierto hasta quedarse profundamente dormido. Una de las tantas veces, soñó que Dios, en su masiva presencia se apareció sobre el escritorio de su padre, y al reclamarle por el mal trato a su hijo, lo pateó con fuerza en la cara. En su caja, dormido, Pastor rio. En sus pensamientos más oscuros y retorcidos, Pastor deseaba la muerte de su padre. Después, con culpa, pedía perdón a Dios, pero los pensamientos siempre regresaban en un círculo vicioso de tormento, hasta que un día entendió que ese anhelo nunca se cumpliría, así que comenzó a degustarse imaginando cómo él mismo lo mataría: tal vez con un cuchillo de cocina, pero asustado de sus propios pensamientos, corría a la iglesia. Arrodillado frente al sacerdote, se confesaba con temor. El sacerdote, además de devoto, era un hombre sabio. Le advirtió con firmeza que, de cometer aquel acto horrorífico, lo condenaría a pasar el resto de sus días en la cárcel, y nunca, pero nunca entraría al reino de los cielos. Pastor reflexionó, y con la fría lógica de un niño que se aferra a un sueño, desistió de aquellos pensamientos diabólicos.

Al cumplir los doce años, impulsado por la irritación de su padre, quien odiaba verlo en casa, Pastor consiguió trabajo en una legumbrería. Cada viernes a las dos de la madrugada, él y sus colegas —hombres que le triplicaban la edad— cargaban camiones con verduras para exportarlas a los Estados Unidos. Antes de que el camión partiera, Pastor siempre se despedía de las verduras con nostalgia, dándoles nombres que él mismo inventaba. Mientras regresaba a casa, pensaba en los beneficios de ser una verdura, y las desventajas de ser un humano. Un jueves a medianoche, con catorce años y las piernas reventadas a correazos por su padre por haber olvidado surtir el congelador con bolsas de agua, para evitar el innecesario gasto en comprar hielo, Pastor se sentó en su cama mirando por la ventana, recordando el sermón del sacerdote que afirmaba que Dios era perfecto, que Él nos ponía en la barriguita de la mejor mamita y del mejor papito del mundo. Lleno de rabia y frustración, sabía que esas palabras eran mentira. Al día siguiente, se escondió entre los vegetales del camión, y mientras el motor rugía, supo que por fin estaba escapando de una vida, que a pesar de ser suya, no le pertenecía.

BIENVENIDO A NUEVA YORK

«Hell's Kitchen es el lugar al que pertenecen todos aquellos que no pertenecen a ningún otro lugar». Alicia Keys.

Nueva York es Nueva York, pero Manhattan es más Nueva York que Nueva York.

Lincoln tenía casi veinte años. No era hermoso como un cisne ni feo como un pato, pero tenía algo especial, algo aún intocable. Como cada invierno, la nieve caía, y Lincoln, como siempre, corría, porque no importaba a dónde fuera, el tiempo siempre parecía alcanzarlo. Indocumentado, sobrevivía con dos trabajos. De día, se disfrazaba del Hombre Araña, entreteniendo a los turistas en Times Square. Y por las noches de fin de semana, recogía basura y limpiaba los baños de un club nocturno gay. Lejos de los actos heroicos que representaba en Times Square y de limpiar la mierda de los estadounidenses en el club nocturno, amaba Nueva York sin saber por qué. La verdad era, que ni siquiera sabía que existía.

Afuera, la fría noche teñía el cielo de azul y rosa, pero dentro del club nocturno, el calor emergía como un verano sofocante abrigando el lugar a su máxima capacidad. Allí, entre la multitud de hombres semidesnudos moviéndose al compás de los beats del DJ, estaba Derrick Passeri.

Derrick Passeri destacaba con una estereotípica belleza de portada de revista: cabello rubio, mandíbula afilada y un cuerpo esculpido por los esteroides y los dioses. Siempre vestía pantalones cargo oscuros, no por su estilo militar, sino por la comodidad y el espacio extra que reservaba para sus piernas masivas y sus glúteos de hierro. Esa noche se acercó a la barra a comprar una Coca-Cola de dieta para mezclar sus drogas recreativas. Al otro lado de la barra estaba Lincoln rebanando limones. Distraído por los ojos grandes y azules de Derrick, el limón que cortaba resbaló de la tabla, cortando accidentalmente su dedo índice. Embobado por la inquietante presencia de Derrick, no le dio importancia a la cortada, cubriéndola con la mano mientras continuaba observándolo con la determinación de no olvidarlo.

No había pasado una semana y media cuando Lincoln lo encontró recostado sobre la baranda de las escaleras frente a su departamento. Descalzo, con jeans húmedos y una camisilla estrecha, Derrick fumaba un cigarrillo bajo una placa que prohibía fumar. Lincoln, nervioso, improvisó una conversación mientras atrapaba a Bungalow, un gato que su compañera de apartamento adoptó después de haber sido abandonado en su propia casa.

—¿Te gustan los gatos? —preguntó con una seguridad ajena a su carácter.

—¿Tu madre no te enseñó a no hablar con extraños?

—Tú no eres un extraño —respondió Lincoln sin titubear.

Derrick le clavó su mirada, tratando de recordar, pero nada recordó, o tal vez eso pretendió.

—¿Eres entrenador personal? —soltó Lincoln de repente, intentando llenar el silencio entre los dos.

Derrick torció los ojos. Era bien sabido en la comunidad gay que esa era una de las preguntas más clichés para romper el hielo. Resaltó su mirada sobre el disfraz del Hombre Araña.

—No te alcanzaría ni con todo un mes de tus propinas —respondió con sarcasmo, dejando clara su posición.

Derrick apagó el cigarrillo con el pie descalzo y se dirigió hacia la puerta de al lado, donde el agua corría por debajo de la puerta. Con la velocidad de una bala, corrió al interior del apartamento como si lo moviera un impulso instintivo.

Lincoln lo siguió.

Derrick Passeri era un hombre que cautivaba y desconcertaba en igual medida. Su atractivo iba más allá de lo físico: irradiaba una mezcla de misterio y magnetismo que pocos podían resistir. Sin embargo, tras esa fachada perfecta se escondía un ser profundamente marcado por cicatrices invisibles. Navegaba las aguas turbias de la vida con un corazón descalibrado y una mente nublada por la amargura. Era un enigma para la mayoría, una figura solitaria que detestaba la pretensión y rechazaba la compañía de quienes solo buscaban su atención. No era un hombre que se dejara llevar por las tendencias o la superficialidad, pero tampoco era ajeno a ellas. En su soledad, encontraba una forma de protegerse de un mundo que no lograba entender del todo, y sin duda tampoco lo entendía a él. A temprana edad, Derrick había aprendido lo peor de la humanidad. Su abuela Sofía, una mujer imponente y directa, moldeó parte de su carácter. Fue ella quien le reveló, con palabras crueles pero desprovistas de malicia, quien era su madre, su propia hija.

—Tu madre era tan puta que ni siquiera ella sabía quién era tu padre —le respondió, acariciándole el cabello con ternura, al preguntarle sobre su padre.

A pesar de su amor por Derrick, Sofía era incapaz de sacrificar algo por él. Esa contradicción lo marcó desde niño, enseñándole que el verdadero amor venía de un lugar sospechoso, lleno de mucho dolor. Su vida adulta no había sido mucho más fácil que su niñez. Las drogas, las decepciones y los fantasmas de su pasado eran una constante en su mente, pero Derrick, sin saberlo, era un sobreviviente. Aunque no siempre comprendiera sus propias decisiones, vivía al margen de sus consecuencias. En el fondo, Derrick era un hombre dividido entre la necesidad de conexión y el miedo a depender de ella. Era el tipo de hombre que podía atraer a cualquiera, pero cuya actitud hermética los repelía.

En el baño del apartamento adyacente, el agua de la tina rebosaba, formando un charco que se extendía hasta el pasillo. La llave seguía abierta botando agua, y en el fondo de la tina yacía el cuerpo inmóvil de un hombre más viejo que los años que tenía. Derrick, movido por una mezcla de instinto y desesperación, sacó al hombre del agua con un solo movimiento, lo tendió sobre el frío azulejo, y comenzó a presionar su pecho, intentando reanimarlo, pero el viejo no respondía. Desde la puerta, Lincoln miraba con los pies clavados en el suelo. Su cuerpo, tenso, parecía incapaz de reaccionar. Sin embargo, al ver que Derrick no lograba revivir al hombre, intervino.

—¡Déjalo! —exclamó, colocando las manos con fuerza sobre los hombros de Derrick para detenerlo.

El duro contacto encendió una chispa de ira en Derrick, quien se giró bruscamente, y lo lanzó contra el suelo.

—¡No me toques! —gritó.

Antes de que Lincoln pudiera reaccionar, Derrick descargó un puñetazo directo a su rostro. El impacto resonó en la habitación, pero Derrick no se detuvo. Descargó un segundo golpe contra el azulejo, luego un tercero, cada uno más feroz que el anterior, hasta que sus nudillos se rompieron. Su respiración era errática, su mirada vacía, como si todo su ser estuviera volcado en el frenesí de su enojo. Por un breve instante, lanzó una mirada a Lincoln, quien ahora permanecía en silencio, conmocionado, sosteniéndose la mejilla. Una punzada de arrepentimiento se agitó dentro de Derrick, una emoción que no estaba acostumbrado a desarrollar públicamente. Apretó la mandíbula, reprimiendo el impulso de disculparse, y redirigió su atención hacia el viejo Clint.

Arrodillado junto al cuerpo inmóvil, Derrick, con los nudillos rotos, reanudó sus esfuerzos, contando cada compresión en voz baja hasta que, milagrosamente, el anciano volvió en sí, vomitando toda el agua que por poco le quitó la vida.

Derrick se dejó caer de espaldas contra la pared, exhausto pero victorioso, mientras intentaba recuperar el aliento.

El viejo, aún desorientado, y alcanzando el aire que le faltaba, se incorporó con dificultad. Desnudo y sentado sobre el charco de agua, se cubrió sus partes íntimas al sentirse expuesto en la presencia de otros hombres.

—¿Y tú quién eres? —preguntó, mirando a Lincoln con una expresión severa y un tono cargado de desdén.

Lincoln abrió la boca para responder, pero Derrick lo interrumpió.

—Es mi novio —dijo con un tono que más parecía un desafío que una aclaración.

El viejo, asqueado, se quedó en silencio por un momento, procesando el descaro de aquella respuesta, antes de torcer el gesto en una mueca de repulsión.

—¡Fuera de aquí... los dos! —gritó, moviendo las manos como si espantara moscas.

Derrick no parecía afectado. Lincoln, en cambio, todavía temblaba con el rostro roto. Mientras caminaban por el pasillo del pasillo, Derrick rompió el silencio.

—Es un imbécil —dijo con una sonrisa irónica.

———

Derrick había conocido a Clint en un día lluvioso, luego de haber sido arrestado por incitar una pelea en un bar. El incidente había sido una tontería, pero su oponente, un extravagante personaje con el espíritu de Marilyn Monroe, exageró los hechos. Derrick nunca se molestó en defenderse. Prefería la cárcel antes que escuchar otra vez esa voz chillona que tanto le desagradaba.

Lo que había ocurrido en el bar era simple: el tipo había metido sus dedos sucios en el cóctel de RedSaint, el mejor amigo de Derrick, y luego se los había lamido sensualmente para atraer su atención. Aunque a RedSaint no le gustó el gesto, fue Derrick quien se sintió irrespetado. Como siempre, resolvió el asunto con violencia.

El chico terminó en el hospital y Derrick con cargos por agresión física, más una multa de $10,000 dólares y seis meses de servicio comunitario. Fue entonces, allí, cuando conoció a Clint, un veterano inválido de sombra larga, quien sobrevivió a la guerra sin sus dos piernas. Su rabia, su decepción y su soledad lo habían convertido en alguien tan desagradable por dentro como por fuera. El servicio de Derrick consistía en asegurarse de que Clint tuviera comida que comer y un lugar limpio donde vivir. La relación funcionaba porque a Derrick no le importaba lo que Clint tuviera que decir, y Clint, de lo que hablaba, no mucho tenía sentido.

———

Luego de haber sido echados del departamento de Clint, Lincoln, con la cara abarrotada, invitó a Derrick al suyo para curarle los nudillos rotos. Derrick, quien ignoró el golpe estampado en el rostro de Lincoln, lo dudó.

El baño de Lincoln era más pequeño que la caja más pequeña de fósforos que puedas imaginar. A pesar de que Derrick era un neoyorquino, tuvo una repentina sensación de claustrofobia al entrar en aquel baño de sospechosa longitud. Con manos temblorosas y más nervios que experiencia, Lincoln sumergió la mano de Derrick en el lavamanos lleno de agua helada y trozos de hielo que crujían al contacto. Mientras sus dedos se hundían en el agua, Derrick levantó la mirada y se encontró observando el rostro de Lincoln. El golpe que él mismo había propinado comenzaba a dejar huella en su piel, una mancha amoratada que parecía gritarle en silencio. Lincoln lo sintió, ese par de ojos azules e intensos clavados en él, y, como si quemaran, evitó devolverles la mirada. No era por desinterés, sino por un miedo irracional. Temía que, si lo miraba, Derrick pudiera ver sus imperfecciones y leer sus inseguridades. Así que, en su lugar, se enfocó en lo que tenía frente a él: la mano lastimada de Derrick. La sobaba con una torpeza tierna, tratando de calmar el dolor bajo el agua helada. De repente, Derrick rompió el silencio. Con un movimiento inesperado, llevó sus manos al rostro de Lincoln, sujetándolo con firmeza pero sin brusquedad. Lincoln se estremeció, intimidado de que pudiera proveerle otro golpe. Derrick comenzó a masajear con fuerza el área donde el golpe había caído, tratando de aliviar la hinchazón antes de que el hematoma se asentara.

—Quédate quieto —ordenó Derrick, con una voz que era más una súplica disfrazada de autoridad. Lincoln, como si sus palabras fuesen un hechizo, obedeció sin cuestionar. Cerró los ojos, dejando que Derrick continuara, y que el dolor se sentara, agarrando con fuerza el fuerte antebrazo de Derrick. No había nada que Derrick pudiera pedirle que él no estuviera dispuesto a dar. La mano de Derrick comenzó a doler, posiblemente, nudillos fracturados. Desistió de masajear la zona del golpe, y sacó de su riñonera una bolsita de gramo que contenía ketamina, se la entregó a Lincoln.

—Prepárame una dosis con esto —dijo, entregándole la bolsita y una cuchara de acero en miniatura.

Lincoln tomó la bolsita sin saber qué hacer con ella, la examinó con cautela. No era tonto, pero sí confundió el contenido con cocaína. Frunciendo el ceño, preguntó:

—¿Y esto qué hace?

Derrick esbozó una sonrisa.

—Calma el dolor.

Lincoln arqueó una ceja, cuestionando la respuesta sin decir nada. Esa pequeña acción pareció derrumbar el muro de ignorancia que lo protegía de las verdades de Derrick.

—¿Quieres un poco? —preguntó Derrick, mirándolo fijamente a los ojos.

—¡No! —respondió Lincoln con temor a caer en lo que se ha escrito como prohibido.

Lincoln cargó la cuchara con el polvo, y Derrick exhaló profundamente.

—¿Estás seguro de que no quieres? —preguntó Derrick mientras se preparaba para inhalar más ketamina por la otra cavidad nasal.

Lincoln lo dudó, pero no había nada en este mundo que Derrick le pidiera que él no estuviese dispuesto a hacerlo.

Aquella mirada, que sin gravedad se sostuvo en el aire, determinaría el comienzo del final.

En el mundo hay dos tipos de personas: como Derrick y como Lincoln. Estos dos tipos de personas, aunque parezcan opuestos, no suelen mezclarse. No porque sean completamente distintos, sino porque están a un grado de convertirse en lo mismo.

Después de vendarle los nudillos rotos, Derrick vistió a Lincoln de negro y lo sacó a la noche. Para sorpresa de Lincoln, lo llevó al club nocturno donde él trabajaba los fines de semana. Lincoln dudó, preguntándose: ¿arriesgar su trabajo por una noche con el hombre al que adoraría para siempre?

Al llegar, Lincoln se mezcló entre los hombres sin decir una palabra. Su único objetivo era no llamar la atención. Pero no habían pasado cinco minutos cuando se dio cuenta de que no pertenecía a ese lugar. No era cuestión de raza o política; era algo más fundamental. La «religión» y la «matemática» lo separaban del resto.

El 75 % de los hombres presentes iban al gimnasio al menos cinco veces por semana. Otro 20 % asistía dos veces al día. Lincoln pertenecía al pequeño y casi inexistente porcentaje de los que nunca habían pisado un gimnasio. Y, desafortunadamente por las circunstancias, era evidente. Derrick percibió la incomodidad de Lincoln, pero poco le importó. A lo largo de la noche, se preguntó por qué diablos lo había traído. Luego recordó: el efecto de la ketamina, que aunque calmaba su dolor, lo hacía tomar decisiones no muy inteligentes. Para aliviar su frustración, Derrick sacó una pastilla de euphorix de su riñonera y, en un acto inesperado, se la puso directamente en la boca a Lincoln. Lincoln la escupió en su mano, provocando la evidente frustración de Derrick.

—¿Qué pasa? —preguntó Derrick, molesto.

—Yo no tomo de eso —respondió Lincoln con temor.

—No te va a pasar nada. Tómala —insistió Derrick.

—Yo creo que mejor un cóctel —replicó Lincoln, tratando de desviar la conversación.

Derrick se acercó un poco más.

—Aquí no venden alcohol.

Lincoln sabía mejor que nadie que aquello no era cierto. Como camarero del lugar, conocía las 25 combinaciones de tragos que se servían en la barra. Pero en lugar de contradecirlo, guardó silencio.

—O te tomas la pastilla, o te vas de aquí —sentenció Derrick, perdiendo la paciencia.

Lincoln, en un acto de audacia, preguntó:

—¿Y qué gano yo? ¿Una foto de los dos?

Derrick, incapaz de contener una breve risa, respondió:

—No lo tomes personal, pero si yo fuera tú, no me tomaría una foto conmigo.

El comentario infló ya el inflado ego de Derrick, mientras Lincoln se encogió al tamaño de un maní. Finalmente, Lincoln tomó la pastilla, aunque casi de inmediato se arrepintió. Hasta ese momento, sabía de las drogas solo por las historias de personas que lo perdieron todo. Su instinto le decía que nada bueno saldría de aquello, pero la sonrisa satisfecha de Derrick lo convenció de que estaría bien.

El primer efecto se manifestó rápidamente: una urgencia incontrolable de usar el baño.

—Necesito ir al baño —dijo, implicando que quería ir en su compañía.

—Tú trabajas aquí. Sabes dónde está el baño —respondió Derrick con frialdad.

Lincoln se emocionó al darse cuenta de que Derrick sabía que él trabajaba allí, lo que explicaba que a Derrick no le importaba que él fuera un camarero. Aunque el tono del comentario podía considerarse cruel, la fascinación que sentía por Derrick lo llevó a ignorarlo por completo.

Lincoln llegó al baño, con los pies pesados y un mareo que le impedía caminar derecho. La necesidad de vomitar lo tomó por sorpresa, pero una mujer negra, delgada y vestida de blanco, con un pene entre las piernas, lo interceptó.

—Cariño, vomita aquí —ordenó, llevándolo hacia una cesta de basura.

Lincoln se inclinó, pero nada salió.

—¿Te metiste una de éxtasis? —preguntó ella, curiosa.

Lincoln alzó los hombros, incapaz de hablar.

—No vomites, querido. No vomites y no cagues en el club. No, no, no —dijo mientras lo arrastraba al lavabo—. Bebe agua, así se te baja.

Abrió el grifo y presionó la cabeza de Lincoln hacia el agua.

—¿Estás aquí con amigos, querido?

—Con mi novio —respondió Lincoln, con la boca llena de agua.

—¿Y dónde demonios está tu novio?

—Afuera.

Ella lo miró con escepticismo.

—¿Cuántos años tienes?

—Veintiuno —mintió Lincoln.

—¿Veintiuno? Y te metiste una pastilla sin saber lo que era. ¿Tu novio te la dio?

Lincoln asintió.

—¿Dónde está él que no está aquí cuidándote?

Lincoln cerró los ojos, incapaz de responder, y echó la cabeza hacia atrás. Sintió una oleada de energía que ascendía por sus piernas desde las planta de los pies, algo nuevo y extraño. Miró al espejo: estaba sudando como un cerdo. Algo había cambiado en su reflejo.

—¿Es tu primera vez?

Lincoln, bajo los efectos de la pastilla, asintió y respondió con una sonrisa tenue, mientras se preparaba para marcharse. La mujer lo miró con compasión, sus pensamientos viajando brevemente a su propia primera vez: era tan joven e ingenua como él, creyendo que la euforia duraría para siempre y que el amor florecía en los árboles como la eterna primavera.

—Él debería estar aquí cuidándote —le advirtió, sujetándole el brazo con una mezcla de enojo, lástima y urgencia—. No te enamores de él.

—Tú no lo conoces —respondió Lincoln, aferrándose a su ilusión, y marchándose con todo menos con prisa.

———

Lincoln despertó colgado en un cabestrillo sexual —sling—, a merced de un extraño que usaba su cuerpo para satisfacer deseos que en días normales calmaba con pornografía en internet. El ritmo pulsante de la música techno invadía el recinto, encapsulando el lugar en una atmósfera críptica. Las paredes parecían cerrarse, reclamando la muerte anunciada de un pobre cristiano. La única fuente de luz provenía de una vieja señal de exit clavada, arriba, en la pared, iluminando en rojo. Sin embargo, no había salida, solo una entrada, y cualquiera que la atravesara cargaba la culpa de estar allí. Seis hombres, evidentemente drogados con cristal meth y sabrá Dios qué más, se situaban al pie del cabestrillo, masturbándose mientras esperaban su turno para poseer a Lincoln, quien no se pertenecía a sí mismo debido a una calculada sobredosis de GBL, euphorix, éxtasis y ketamina. Una parte de él murió en la pista de baile, donde colapsó inconsciente; mientras la otra sobrevivía al sacrilegio de estos seis extraños.

Euphorix, conocida en círculos clandestinos como 'el faro', no era simplemente una droga recreativa. Su fórmula estaba diseñada para atravesar las barreras de la percepción humana y sumergir a sus consumidores en una subconciencia expansiva, un estado donde la realidad se disolvía en fragmentos de lo que podría ser, de lo que nunca fue, y de lo que temías encontrar. Los efectos iniciales eran euforia y una falsa sensación de control, pero al prolongarse, euphorix confrontaba al usuario con versiones alternativas de sí mismo, mezclando recuerdos y proyecciones en un caos hipnótico. Pocos la usaban por segunda vez, ya que pocos sobrevivían ilesos a la primera dosis. Esa noche, Lincoln no tuvo elección. En medio de su estado inconsciente, Lincoln buscó entre los rostros deformes de los hombres a Derrick, pero solo encontró el suyo en un espejo anclado al techo, que le devolvía un reflejo grotesco y violento. El hombre que ahora tenía posesión de Lincoln era RedSaint, un tipo de complexión robusta, barba roja abundante y cabello largo que siempre recogía en forma de gajo. Lincoln no le reconoció por las condiciones precarias de luz y por su estado, pero ya lo había visto antes, junto a Derrick en el bar, cuando accidentalmente se cortó el dedo mientras cortaba limones.

El dolor físico del abuso, normalmente insoportable, se mutaba en oleadas distorsionadas de sensaciones ambiguas, mezclando espasmos de placer y agonía en un ciclo macabro dictado por los efectos implacables de euphorix. Luego de su excitante descubrimiento, RedSaint, descargó su violenta pasión sobre Lincoln, y llamó a Derrick, invitándolo a ser parte de la rutina de horror, pero Derrick, quien de lejos, miraba la escena sentado en el suelo, ignoró sus llamados; así que RedSaint desmontó a Lincoln y se acercó.

—¿Qué pasa? —preguntó RedSaint, molesto.

Derrick, con poca paciencia, se levantó y salió hacia la luz del día, ajustándose su chaqueta de invierno.

—Voy a casa, ya he terminado aquí —dijo Derrick.

—¿Cómo es posible que hayas terminado si ni siquiera has comenzado? —replicó RedSaint, ofendido, siguiendo a Derrick, vestido únicamente con un jockstrap de cuero.

Derrick se subió a su Jeep, ignorándolo.

—¿Sabías que nadie lo había tocado antes? —preguntó RedSaint, su voz impregnada de una morbosa satisfacción mientras una sonrisa enfermiza se formaba en sus labios.

Derrick ajustó sus gafas estilo aviador, y con fría indiferencia, respondió:

—¿A quién le importa? —preguntó retóricamente.

Luego, se marchó.

——

De regreso en casa, Derrick llenó el departamento con extraños de Grindr y Scruff, entreteniendo una orgía e indulgenciando en drogas, mientras la música ambientaba el lugar. Con la llegada de la noche, el frío invierno se infiltró por las rendijas del viejo aire acondicionado. Al cubrirlo con un cobertor, notó a través de la ventana la primera caída de nieve. Un pensamiento lo invadió y no lo abandonó: Lincoln.

A la medianoche, el sonido de la puerta al abrirse lo arrancó de su mente preocupada. Era RedSaint, entrando acompañado por más hombres, su energía dominante llenando el espacio como una ráfaga gélida. Derrick lo observó acercarse, con su arrogancia habitual, mientras los otros hombres se dispersaban por el apartamento.

—¿Qué pasó con el niño? —preguntó Derrick, sin recordar su nombre, intentando sonar despreocupado, pero algo en su tono lo delataba.

RedSaint sonrió con burla, claramente drogado.

—¿Y a ti qué te importa?

—¿Dónde lo dejaste?

—¿Por qué no nos preparas una dosis que estás insorportable?

—No estoy bromeando, Red ¿dónde lo dejaste? —dijo entre dientes, conteniendo la ira, agarrándole el brazo con fuerza.

RedSaint lo empujó, al sentirse amenazado.

—¡Hey! —uno de los amigos intervino, evitando la pelea —lo dejamos en el lugar de siempre —confesó.

—En la estación de tren, en el parque, en la parada de bus, en el muelle, ¿dónde es el lugar de siempre? —gritó Derrick, enojado, su voz resonando por encima del caos de la música y las risas de los hombres.

————

La nieve caía densa, engullendo la ciudad en un frío silencioso mientras Derrick conducía por las calles cubiertas de nieve, la ciudad se teñía de un extraño resplandor púrpura bajo la luz de los faroles. La neblina espesaba el ambiente, ocultando los contornos de una Brooklyn desolada. Finalmente, llegó a un viejo paradero de bus, en una zona rodeada de bodegas. Era un lugar que, durante el día, apenas vibraba con vida, pero que en la noche se transformaba en uno de los rincones más desolados y peligrosos del planeta. Entre la oscuridad y la nieve acumulada, divisó una figura encorvada. Era Lincoln, inconsciente, cubierto con una cobija gruesa de hilo. Sentado en la banca, su mejilla estaba recostada contra el metal helado que sostenía el techo del paradero. Derrick se acercó rápidamente, con el corazón latiendo con fuerza. Su primer instinto, casi primitivo, fue comprobar si Lincoln seguía con vida. Contuvo la respiración hasta que una débil sonrisa escapó al descubrir que el joven aún respiraba. Sin embargo, esa chispa de alivio pronto se apagó cuando notó que la mejilla de Lincoln estaba adherida al frío metal. Derrick, decidido, se inclinó hacia él y, con soplos calientes que apenas lograba generar contra el gélido ambiente, intentó liberar la piel congelada. Con cuidado, logró despegarlo, pero no sin dejarle una pequeña quemadura. Sin perder más tiempo, lo cargó hasta su Jeep y lo subió con movimientos rápidos pero delicados. Después, sin mirar atrás, abandonó aquel lugar obsoleto y abandonado. Derrick decidió no llevar a Lincoln al departamento que compartía con RedSaint. En lugar de eso, condujo hasta la casa de su abuela, Sofía Passeri. Sofía era una mujer mayor que vivía cómodamente gracias al éxito de su canal de YouTube, donde contaba historias ficticias de su vida, dando consejos de todas las cosas que no hacía. Derrick colocó a Lincoln en su vieja habitación de adolescente.

Sofía, preocupada, intentó limpiar y cuidar a Lincoln, pero al preguntar por él, Derrick se mostró evasivo. Cuando Sofía sugirió llamar a la policía, él la echó de la habitación, agradeciéndole su ayuda, pero con brusquedad. Sofía se marchó, preocupada por las posibles consecuencias. En la soledad de la habitación, Derrick retiró la cobija que cubría a Lincoln, descubriendo un torso con moretones, marcas del abuso evidente. Respiró hondo, sintiendo una ola de culpa. No muy ajeno a la experiencia, preparó una tina con agua caliente y sumergió su cuerpo y el de Lincoln, en un intento de aliviarle el dolor, que por el estado en el que se encontraba no podría sentir. Esa noche, Derrick no pudo dormir, y Lincoln no despertó hasta las 2:10 de la tarde del martes. Sofía, preocupada, entró, llevando una sopita de pollo. Al abrir la puerta, percibió un olor insoportable. Descubrió que Lincoln, aún inconsciente, estaba cubierto de heces. Horrorizada, gritó, despertando a Lincoln. Avergonzado, Lincoln saltó de la cama, recogió las sábanas y corrió al baño. Allí permaneció dos horas, lidiando con diarrea, dolor y deshidratación. Desorientado, débil y avergonzado lavó las sábanas con jabón de baño antes de salir. Al regresar del baño, Lincoln encontró una nota en la mesa de noche: "Lárgate y no robes nada." Dolido pero decidido, respondió escribiendo detrás de la nota: "Llámame cuando puedas... I love you!" Dibujó un corazón junto a su número de teléfono, y se marchó con un hoodie negro que tomó prestado del armario de Derrick. En lugar de ir a su departamento, tomó el tren 1 hacia la escuela donde recibía clases de escritura en Times Square. Como siempre, a la clase llegó tarde. Entró al aula, y con pasos cortos se dirigió a la última fila, intentando pasar desapercibido mientras lidiaba con un malestar en el cuerpo que lo consumía. Linda Smirnoff, su profesora rusa, ofendida, lo miró fijamente desde la cabecera del aula, con su severidad habitual.

—Lee tu poesía —ordenó, sin molestarse en suavizar el tono.

Lincoln se rehusó. No había escrito nada para la clase, pero, aún más, no tenía la energía. Sabía que la única forma de sobrevivir era quedándose postrado en esa silla.

—Si no vas a leer, retírate de mi clase —espetó Linda, impaciente.

Cansado y frustrado, Lincoln se levantó, y sin decir palabra comenzó a caminar hacia la puerta.

—Si sales por esa puerta, no regreses a mi clase —añadió ella, con un tono definitivo.

Lincoln se detuvo un momento, la miró desafiante y luego siguió su camino hacia la salida.

—La poesía es un diario que se escribe para los desconocidos —dijo Linda a la clase, casi como un reproche.

La frase lo detuvo en seco. En un impulso, giró sobre sus talones y, sin mirar a nadie, comenzó a recitar.

No existe tal belleza sin una Bestia.
Me agarró por sorpresa y me arrastró
  a la noche negra.
Pero en ningún momento se escuchó a
  la Bestia.
¿Fue un sueño rojo o una pesadilla
  negra?
Fue el negro de la noche, y el rojo de
  la sangre.
¿Dónde demonios te has metido que no
  puedo hallarte, ni en
el negro de mis noches ni en el rojo de
  mi propia sangre?

Linda intentó ocultar su admiración. Por un momento, sus ojos severos se suavizaron, atrapados en la crudeza y belleza del poema que Lincoln acababa de recitar. Al terminar su recital, su rostro estaba tan cerca del de ella, que podía olerle la boca así estuviese cerrada. En un gesto impulsivo y desafiante, la besó en los labios, dejando a toda la clase en un silencio absoluto, pero luego la urgencia estaba a punto de salirse. Corrió al baño, al sentarse sobre el inodoro, depositó sus deshechos, y luego se desplomó inconsciente sobre el suelo frío. Cuando despertó, estaba recostado en una camilla en el cuarto de emergencias de la escuela, con una intravenosa conectada a su brazo. El suave goteo del suero líquido era el único sonido que rompía el silencio estéril del lugar. El médico lo miró con preocupación, lanzándole preguntas sobre su estado. Lincoln, evitando cualquier detalle incriminatorio, se limitó a responder con voz débil:

—Diarrea crónica...

Linda visitó a Lincoln en el hospital, llevando consigo una mezcla de fascinación y curiosidad. Se inclinó hacia él, elogiando su poema con palabras que parecían sinceras, pero medidas. Sin embargo, se sorprendió al enterarse de que el poema no había sido escrito, sino improvisado en el calor del momento.

—Deberías escribirlo antes de que se olvide —le sugirió, sacando de su bolso una libreta y un bolígrafo.

Lincoln la miró con ojos entrecerrados, debilitado pero con una chispa de astucia que se asomaba tras la cortina de su dolor.

—Escribiré el poema si me contratas como tu asistente en The New Yorker.

Linda, aunque impresionada por su audacia, alzó una ceja, evaluando la situación. No era la primera vez que Lincoln le pedía una oportunidad de trabajo como su asistente. En reiteradas ocasiones, Linda le había explicado que aún no estaba listo para ocupar ese puesto. Pero la verdad, ella conocía bien la precaria situación de Lincoln: su vida giraba en torno a propinas miserables, ganadas mientras entretenía turistas en Times Square con un disfraz ridículo del Hombre Araña. Sabía que él soñaba con dejar atrás la pobreza. Sin embargo, también reconocía las limitaciones en su escritura y su situación migratoria. Sus textos, aunque prometedores, estaban plagados de términos rebuscados, claramente extraídos del diccionario en un intento desesperado por impresionar. Carecían de la madurez que solo la experiencia podía ofrecer.

—No puedes escribir sobre el mundo si no lo has vivido, Lincoln —le había dicho una vez, con la firmeza de quien cree en el potencial a medias de otro. Como respuesta al chantaje, Linda guardó su libreta y su bolígrafo, con un aire de profesionalidad distante, y así, el poema, titulado 'La Negra Noche y el Rojo de Mi Propia Sangre,' se desvaneció de la memoria de Lincoln como un sueño que caduca al despertar. Y aunque Linda nunca lo admitiría, en el fondo, lamentaba no haber encontrado una manera de preservar aquel poema.

———

El viernes siguiente, Lincoln llegó al club nocturno donde trabajaba, intentando aparentar normalidad. Desde el momento en que cruzó la puerta, sintió la mirada inquebrantable de su jefa clavada en él. Ella, una mujer latina empoderada, de unos 45 años, conocida tanto por su carácter fuerte como por su habilidad para dirigir negocios, lo llamó a su oficina inmediatamente.

—Cierra la puerta —ordenó sin miramientos.

Lincoln, nervioso, obedeció.

—Tenemos que hablar de lo que pasó el fin de semana pasado —dijo mientras encendía un cigarro, un hábito que solo reservaba para los momentos de tensión.

—¿Qué pasó? —preguntó Lincoln, intentando sonar inocente, aunque algo en su interior comenzaba a retorcerse.

—Te vi bailando en la pista de baile, intoxicado, sabrá Dios con que, en vez de estar haciendo tu trabajo —comenzó ella, mirándolo con una mezcla de decepción y cansancio.

—Eso no es verdad —refutó él rápidamente, pero su tono lo traicionó.

—Ah, ¿no? —replicó ella, levantando una ceja y tomando su teléfono. Hizo un par de toques en la pantalla antes de girar el dispositivo hacia él.

En el video, Lincoln aparecía moviéndose de forma errática, sudando y con los ojos vidriosos mientras bailaba en la pista. Otro clip lo mostraba tambaleándose hacia el baño, donde una mujer negra lo ayudaba a vomitar en un basurero, antes de que dos hombres lo sacaran del club arrastrado, completamente inconsciente.

Lincoln tragó saliva. No tenía respuesta. Las imágenes eran claras.

—¿Quiénes son esos hombres? —preguntó, sus ojos clavándose en los de Lincoln como si intentara descifrarlo.

—Son mis amigos —respondió él sin convicción, mirando al suelo.

—¿Tus amigos? —repitió ella, sarcástica, dejando escapar una risa incrédula—. Esos no son tus amigos, muchacho.

—Sí, lo son —insistió Lincoln, pero su voz temblaba.

Ella lo estudió por un momento, como si tratara de leer entre líneas.

—¿Ellos te drogaron? —preguntó, bajando el tono de voz, esta vez con una genuina preocupación.

—¡No! —respondió Lincoln de inmediato, su tono rotundo, casi desafiante.

La jefa lo miró fijamente, como si intentara detectar alguna grieta en su respuesta. Sabía que mentía, pero también entendió que no iba a obtener más de él.

—Escucha, Lincoln, no puedo seguir teniéndote aquí. Estás despedido —dijo finalmente, con un tono que mezclaba decepción y frustración.

Sus ojos se humedecieron. Aunque refutó su decisión, ella fue decisiva.

Era muy temprano para ir a casa, y muy tarde para ir a trabajar en Times Square, así que sin nada más que hacer, Lincoln decidió quedarse, intentando ahogar su frustración con los cócteles que el barman le ofrecía como cortesía. A medida que la noche avanzaba, su intoxicación aumentaba, y sus pensamientos comenzaron a vagar hacia los bailarines go-go, que brillaban sobre los cubos. Observándolos, se preguntó si alguien tan perfecto como ellos podría ser alguna vez despedido. Brindó al aire, en un acto irónico, por las madres de aquellos hombres que los habían hecho tan bellos.

La mano vendada de un hombre se posó sobre la barra junto a Lincoln. Intrigado y borracho, Lincoln la observó con esfuerzo, intentando conectar la imagen con un recuerdo.

Cuando levantó la vista, reconoció aquel bello rostro, y sonrió.

—¡Hola! —dijo, con excesiva confidencia gracias a los efectos del alcohol.

Derrick, quien inicialmente venía de buen humor, frunció el ceño al reconocerlo.

—Tu mano... parece estar mejor —comentó Lincoln mientras intentaba tocarla. Derrick la apartó instintivamente, evitando el contacto.

—¿No me recuerdas? —preguntó Lincoln, confundido por su reacción.

Antes de que Derrick pudiera responder, la voz imponente de RedSaint interrumpió la escena:

—Me sorprendería si tu madre te recordara —dijo, mientras colocaba su voluminoso cuerpo frente a Lincoln, caricaturizando la figura delgada del joven.

Si no hubiera estado borracho, Lincoln habría corrido al baño a llorar, pero en cambio se detuvo a mirar las venas inflamadas en los brazos de RedSaint, preguntándose en silencio qué sucedería si, de repente, explotaran.

—¿Por qué no estás destapando los baños? —añadió RedSaint con una seriedad que no le cabía en el rostro.

Lincoln, humillado, buscó la mirada de Derrick, pero Derrick la tenía distraída en la multitud. Lincoln agarró su copa vacía, y avergonzado comenzó alejarse, mientras observaba a Derrick, quien en un momento lo miró, y así mismo le torció los ojos.

Cuando la fiesta alcanzó su clímax y todas las drogas hicieron efecto, Lincoln, quien había estado vigilando a Derrick desde las sombras, reunió el coraje para acercarse cuando vio que RedSaint se ausentó del impenetrable círculo de sujetos musculosos y atractivos.

—¡Hola! —dijo Lincoln, tocando el hombro desnudo de Derrick, ahora, con una confianza temblorosa, producto de su desesperación por conectar.

Derrick se giró bruscamente, apartando la mano de Lincoln sin tocarlo.

—¿Quién es este? —preguntó uno de ellos, un hombre musculoso que irradiaba arrogancia.

—Nadie —respondió Derrick con indiferencia, girándose de nuevo hacia su grupo, dejando a Lincoln en su lugar, sintiendo el peso de la humillación.

Confundido, Lincoln retrocedió, sus mejillas ardiendo mientras intentaba ocultar su vergüenza. Regresó a la barra, su mente inundada de preguntas y excusas que trataban de justificar el comportamiento de Derrick: «Tal vez estaba incómodo frente a sus amigos... Tal vez no quería que lo vieran conmigo... Tal vez fui demasiado directo...», pensaba, mientras sus ojos se fijaban en la copa vacía frente a él. Luchando contra las lágrimas, Lincoln levantó la mano para pedir otro cóctel, intentando ahogar en alcohol la sensación abrasadora de rechazo que lo consumía. Sin embargo, no podía apartar su mirada de la figura de Derrick, quien seguía riéndose con su grupo de amigos, como si nada hubiera pasado. Su presencia irradiando una mezcla de magnetismo y crueldad. La barra se convirtió en su refugio temporal, pero su corazón seguía en la pista, atrapado en una confusión de deseos no correspondidos. De repente, con la prisa de no ser visto, Derrick, con la mano vendada, lo agarró por el brazo y lo haló hacia unas escaleras que descendían al cuarto oscuro.

El cuarto oscuro era un lugar donde la música tenía mayor reverberación, pero sin luces, hundiendo el lugar en total penumbra. Derrick, con determinación, lo acorraló contra una pared, sujetándolo por el cuello con su mano vendada.

—No me mires. No me hables. No me sigas —ordenó, su rostro apenas iluminado por un tenue destello de luz azul y rojo.

Antes de que Lincoln pudiera responder, Derrick sacó una pastilla de Euphorix, y con una intensidad casi feroz, se la metió en la boca. Luego lo besó, llenándole la boca de saliva para asegurarse de que la tragara.

—¿Cuándo puedo verte? —preguntó Lincoln, desesperado, agarrando el brazo de Derrick como si fuera su última esperanza.

Derrick lo miró con una mezcla de diversión y cautela, sus labios curvándose en una sonrisa enigmática.

—Ten mucho cuidado. Soy una droga muy peligrosa para alguien como tú.

—Tú eres una droga peligrosa para cualquiera— respondió con una audacia inesperada.

Derrick presionó los labios, mirándolo fijamente.

—Exactamente.

—Entonces, ¿cuándo podré verte?

—No estoy interesado.

Derrick intenta irse, pero Lincoln lo agarra fuerte por el brazo.

—Déjame probarte que estás equivocado —insistió Lincoln, sus ojos suplicantes brillando en la oscuridad.

Derrick dio un paso hacia él, su expresión severa endureciéndose aún más.

—La próxima vez que me molestes, te sacaré los ojos —concluyó Derrick, su tono cortante y definitivo, dejando claro que no había espacio para más discusiones.

Lincoln, aunque decepcionado, no mostró temor. Sus dedos, que se habían aferrado con fuerza al brazo de Derrick, se relajaron poco a poco hasta soltarlo por completo. Derrick dio media vuelta y se alejó, mientras Lincoln se quedaba allí, estático, sintiendo cómo su corazón se rompía en pedazos. Al salir del cuarto oscuro, Lincoln observó a su alrededor, y no tardó en reconocer que el problema no era que Derrick no gustara de él, sino que no gustaba de sus brazos lánguidos, su cuerpo sin forma. Aunque su rostro no era de revista, poseía una exoticidad que, claramente, había atraído el interés de Derrick. De otra manera, no lo habría invitado a salir, ni mucho menos lo habría salvado de aquella noche negra. Así, al pie de aquel reino animal que lo rechazaba, tomó una decisión que cambiaría el curso de sus días.

———

Lincoln nunca había pisado un gimnasio; de hecho, padecía gymtimidación. Aunque se sentía ajeno a lo que consideraba una superficialidad innecesaria, comprendía que no había otra manera de hacer que esos grandes ojos azules de Derrick se hundieran con gran profundidad en los suyos. Fue entonces cuando recurrió a su colega Santiago Torreglosa, quien sabía todo lo necesario sobre ese arbitrario mundo de músculos y pesas. Santiago era un moreno delicioso de sangre colombiana que apenas rayaba los 23 años, con una armonía griega que hacía difícil apartar la mirada. Al igual que Lincoln, vestía todos los días su disfraz del Hombre Araña para entretener a los turistas en Times Square. Sin embargo, mientras Lincoln apenas sobrevivía, Santiago destacaba, llenando sus bolsillos de dólares al final de la jornada. En más de una ocasión, Santiago había intentado arrastrar a Lincoln al gimnasio, hablándole de los beneficios, pero Lincoln siempre respondía con un tono de cansancio: «Mañana». El día que finalmente pidió su ayuda, Santiago, sin cuestionarlo, lo llevó a su gimnasio. Aunque no era el más caro, tampoco era el más económico. Allí, la recepcionista cobró 40 dólares por un día de entrenamiento, negándose rotundamente a otorgarle un pase gratis. Para Lincoln, 40 dólares representaban un día completo de trabajo.

Mientras la membresía de un gimnasio puede ser considerada un lujo para muchos, para otros, como Derrick y Lincoln, era una absoluta necesidad. Para Derrick, el gimnasio era un medio práctico para canalizar sus tensiones, aunque no siempre funcionara. Para Lincoln, representaba la única vía para convertirse en una de las tantas tensiones de Derrick. Pero nada en Nueva York es gratis. Si tus aspiraciones son más grandes que los alcances de tu alcancía, terminas limpiando baños a cambio de una membresía. Como respuesta a su terquedad y desespero, Lincoln ofreció sus servicios de limpieza a cambio de una membresía y un pequeño salario. Sin embargo, por ser indocumentado, solo le ofrecieron la membresía. Santiago no dijo nada, pero en su rostro se reflejó una mezcla de lástima y frustración, como si el rechazo le doliera más a él que a su amigo.

—Cuando subas de peso, te sentirás más motivado —le dijo Santiago con una sonrisa forzada, tratando de animarlo—, y las propinas te alcanzarán para pagar la membresía.

Además, Santiago le ofreció un entrenamiento personalizado y un ciclo de esteroides para acelerar el proceso de crecimiento.

Al día siguiente de la primera administración intramuscular, Lincoln quedó paralizado frente al espejo del baño. Su mirada captó algo que nunca antes había visto: una línea distintiva emergía en la parte inferior de su pecho plano, el mismo que tanto le remordía cada vez que miraba. Por un instante, el mundo se detuvo. Un hormigueo, una mezcla de incredulidad y esperanza, le recorrió el cuerpo. Aquel pequeño cambio, casi insignificante, fue un punto de inflexión para él. Ese día, prometió que no se detendría por nada ni por nadie.

En el gimnasio, los baños relucían, los espejos y los pisos brillaban, y hasta las pesas de caucho, un día, lo vieron intentar sacarles brillo. Su compromiso no pasó desapercibido, y sus jefes, impresionados, le ofrecieron un sueldo de 15 dólares la hora. Si bien no era una fortuna, Lincoln estaba conforme. Junto con las propinas que ganaba en Times Square, las cuales comenzaron a incrementar sustancialmente, su situación económica mejoró lo suficiente. Aunque su cuerpo aún no estaba completamente transformado, su actitud había dado un giro radical. Su optimismo y determinación llenaban de propósito cada uno de sus días. Los entrenamientos con Santiago eran una combinación de pre-workout y sudor incesante, marcados por una mezcla constante de agotamiento físico y pequeños triunfos. Lincoln no solo veía cambios en el espejo, sino que empezaba a notar que su postura mejoraba, su confianza crecía, y aunque todavía no se sentía completamente parte del mundo al que Derrick pertenecía, algo ajeno dentro de él comenzaba a tomar forma, como si estuviera cobrando vida y apoderándose de él. Poco a poco, sentía que estaba construyendo una versión de sí mismo que nunca había creído posible. Sin embargo, algunas noches, al enfrentarse a su reflejo en el espejo, un oleaje de inseguridad lo golpeaba con fuerza. El temor de que los cambios desaparecieran de un momento a otro lo consumía, y en esos instantes de pánico, recurría a una doble dosis de esteroides. Tan rápida fue la transformación que pronto tuvo que renovar su guardarropa por una talla más grande, incluyendo un nuevo disfraz del Hombre Araña, que ya no soportaba el crecimiento de sus piernas y espalda. También se dio cuenta de que las visitas al supermercado se hicieron más frecuentes. Su apetito parecía insaciable, pasando de comer dos veces a cinco veces al día, y siguiendo al pie de la letra la regla que Santiago le repetía con firmeza: "Si no tiene proteína, no es comida."

———

Una tarde lluviosa envolvía Manhattan cuando Derrick, buscando un lugar donde hacer ejercicio, entró en el gimnasio más cercano y compró un pase diario. Como siempre, antes de comenzar, siguió su rutina de ir al baño. Sin querer, abrió un cubículo ocupado por Lincoln, quien estaba arrodillado limpiando el inodoro. Sus miradas se cruzaron por un instante. Derrick, incómodo, se movió al siguiente cubículo, sin decir nada. Lincoln permaneció congelado, con el corazón latiéndole en la garganta. Apenas Derrick cerró la puerta, Lincoln, avergonzado, se levantó, se quitó los guantes, salió del baño y nunca más regresó a ese gimnasio.

Por su parte, Santiago no estuvo contento cuando Lincoln le contó que había renunciado.

—¿Por qué lo dejaste? ¡Era un buen trabajo! —protestó.

—No quiero limpiar baños toda mi vida — respondió Lincoln, evitando decirle la verdad.

——

Dos meses después de su primera administración intramuscular de esteroides, Lincoln, ansioso y nervioso, decidió regresar al club nocturno donde había trabajado meses atrás. Era el mismo lugar donde Derrick lo había introducido por primera vez al mundo de la noche neoyorquina, y el lugar donde había sido, según él, injustamente despedido.

El club, como siempre, estaba abarrotado, repleto de hombres con cuerpos esculpidos que se movían al ritmo de la música electrónica, sus pieles brillando bajo las luces estroboscópicas como esculturas vivientes. Cada uno de ellos parecía un testimonio de una dieta rigurosa, rica en proteínas y con apenas un rastro de carbohidratos. Estos hombres, devotos al gimnasio, acumulaban horas de entrenamiento como otros acumulaban horas de sueño. Si les pagaran por cada repetición de pesas, serían dueños de una gran fortuna; sin embargo, la mayoría vivía en diminutas habitaciones que apenas podían sostener la opulencia de sus pertenencias: ropa de diseñador, zapatos de lujo..., que rara vez usaban, y tarjetas de crédito saturadas que nunca saldarían. A pesar de todo, se divertían bajo los efectos de sus drogas, alcanzando los picos más altos de la euforia, como si el mañana fuese una promesa que nunca llegaría.

Lincoln logró mezclarse con la multitud, su apariencia renovada le daba una falsa sensación de pertenencia. Por dentro, seguía sintiéndose como un patito feo en una congregación de cisnes. Esa noche, evitó el alcohol; no quería arruinar su posible encuentro con Derrick. Además, Santiago le había advertido que mezclar esteroides con alcohol podía provocarle un ataque al corazón. Sobrio, pretendía moverse al ritmo de la música mientras sus ojos nerviosos escaneaban el lugar, buscando a Derrick, el faro perdido que iluminaba y oscurecía sus noches.

Las horas pasaban sin rastro de Derrick. La música se mezclaba con las luces intermitentes, pero para Lincoln, todo comenzaba a desvanecerse en una bruma de decepción. Cansado, empezó a perder la esperanza en la noche. Sorpresivamente, varios hombres se acercaron para conocerlo. Algunos le dedicaron sonrisas insinuantes; otros, gestos directos que buscaban llamar su atención. Pero Lincoln decidió ignorarlos a todos. Sabía que tan pronto le diera su atención a alguien más, Derrick aparecería, y con ello, su oportunidad de recuperar esa conexión se esfumaría. Así que esperó, decidido a respetar el lugar que, solo en su mente, había reservado para él. Sin embargo, uno de sus admiradores, no parecía captar la indirecta. Bailaba demasiado cerca, justo detrás de él, al principio sin contacto, como si solo estuviera siguiendo el ritmo de la música. Pero pronto la proximidad aumentó. Una mano desconocida se deslizó suavemente, dibujando una línea a lo largo de la columna de Lincoln con la yema de un dedo. Lincoln se tensó, pero no se movió. La mano volvió, esta vez fueron las dos, ejerciendo una ligera presión en su cintura, que lo hizo contener la respiración. El extraño se acercó más, inclinándose hasta que su barbilla descansó sobre la nuca de Lincoln. Luego, aspiró profundamente, como si quisiera capturar el olor de su piel. Lincoln cerró los ojos, un escalofrío recorriéndolo mientras su mente luchaba por procesar lo que estaba sucediendo. Entonces, algo familiar emergió: un aroma que reconocía, uno que había sentido antes, uno que lo había envuelto como un refugio. Con el rabillo del ojo, Lincoln vio un destello dorado: cabellos rubios cayendo sobre el lateral de un rostro. Su corazón comenzó a acelerarse, y el aire alrededor pareció volverse pesado. No necesitó voltear por completo para confirmarlo; lo sabía. Era Derrick. Y estaba allí, detrás de él. Lentamente, Lincoln levantó sus manos, casi temeroso de romper la magia del momento. Cubrió las manos de Derrick, que descansaban sobre su cintura, y las entrelazó con las suyas, cerrándolas frente a su abdomen. En ese instante, el ruido de la noche desapareció, y por primera vez en su vida,

Lincoln se sintió seguro, como si nadie más existiera; solo ellos dos. Lincoln cruzó sus dedos para que el mundo se detuviera, pero solo se detuvo por una fracción de segundo.

—¡Derrick! —la voz grave de RedSaint irrumpió como un trueno. Con un jalón violento, lo apartó de Lincoln, rompiendo el contacto entre ellos. Derrick, sorprendido, pareció despertar de un estado de trance. Lincoln giró hacia ellos, su mirada ansiosa buscando a Derrick, pero lo único que encontró fue la hostilidad imponente de RedSaint y a Derrick con una sonrisa amplia y grotesca, ajena a lo que acababa de ocurrir. Había algo inquietante en su expresión, en la manera en que sus ojos brillaban y se movían, como si buscaran algo sin siquiera saber que era. En ese instante, Lincoln desconoció a Derrick. Y al hacerlo, también se desconoció a sí mismo, cuestionando su devoción ciega hacia él, como si su ideal se derrumbara frente a sus ojos.

RedSaint, notando la confusión en el rostro de Lincoln por la actitud inusual de Derrick, se acercó con aire de superioridad. Extendió la mano con un apretón firme y una sonrisa fingida que parecía más un desafío que una cortesía.

—Hola, yo soy RedSaint. Este es mi amigo Derrick —dijo, como si presentara a un extraño y no al hombre que había cambiado el mundo de Lincoln.

Mientras hablaba, RedSaint sostenía a Derrick, quien necesitaba con urgencia hidratarse y sentarse. Su cuerpo parecía luchar contra una leve sobredosis de ketamina y GBL, que lo mantenía en un estado de alerta tambaleante, como si intentara no sucumbir al agotamiento químico.

—Lincoln —respondió al oído de RedSaint, mientras estrechaba su mano.

Derrick, que había alcanzado a escuchar el nombre, se apartó del soporte de RedSaint y, con un movimiento que parecía impulsado por una chispa de reconocimiento, agarró a Lincoln por las mejillas.

—¿Cuál es tu nombre? —preguntó, mirándolo a los ojos con interés, aunque su mirada cargaba el peso de la intoxicación.

—Lo dijo, su nombre es Lincoln —interrumpió RedSaint, con un dejo de celos en su tono.

Derrick sonrió con los ojos ligeramente entrecerrados, como si intentara procesar la información mientras luchaba contra el efecto de las sustancias.

—Yo soy Derrick —dijo con una mezcla de encantamiento y desorientación—. Mucho gusto.

Lincoln no supo cómo reaccionar. La humillación de no ser reconocido lo invadió como una corriente fría, eliminando cualquier rastro de la seguridad que había sentido minutos antes. En ese momento, no pensó en su transformación física; solo sintió el dolor punzante de la indiferencia. RedSaint, al notar la decepción en el rostro de Lincoln, finalmente lo reconoció. Con una mezcla de rabia y celos, agarró a Derrick del brazo y lo jaló con fuerza, alejándolo de Lincoln. Mientras lo hacía, se giró hacia Lincoln, clavándole una mirada llena de desprecio, y escupió con voz cortante:

—¡Mantente lejos, loco de mierda!

Las palabras se clavaron en Lincoln como un dardo, dejándolo paralizado en su lugar. Observó impotente cómo RedSaint arrastraba a Derrick, alejándolo de él. El corazón de Lincoln se encogió al ver cómo Derrick parecía desaparecer entre las sombras de la multitud. Pero Derrick, en un movimiento rápido y decidido, se zafó del agarre de RedSaint. Con una mirada furtiva hacia Lincoln, regresó hacia él, lo agarró por la muñeca y, sin decir una palabra, lo guio fuera de la multitud con determinación. RedSaint quedó inmóvil, observando cómo Derrick y Lincoln desaparecían entre la gente, su frustración palpable en cada línea de su rostro.

Derrick salió del club nocturno agarrando la mano de Lincoln como si fueran novios, sujeta con una firmeza que parecía prometer protección. Para Lincoln, el gesto era un sueño hecho realidad; sentía un calor reconfortante que le recorría desde los dedos hasta el pecho. Aún sobrio, pero visiblemente cohibido, no sabía cómo actuar. Una parte de él quería abrazar a Derrick, tal vez incluso besarlo, pero la timidez y el respeto por la cercanía momentánea lo mantenían inmóvil. Sin embargo, Derrick no dejó que la noche se enfriara. Mostrándose afectuoso y eufórico, guio a Lincoln hacia un taxi con una sonrisa traviesa.

Ya dentro del vehículo, Derrick recostó su cabeza y cerró los ojos, mientras sus pies se movían de manera incesante y sus manos tamborileaban contra sus muslos. Gotas gruesas de sudor se formaban en su frente, deslizándose por su rostro. Lincoln, preocupado, observaba cómo la tranquilidad aparente de Derrick contrastaba con los movimientos frenéticos de su cuerpo, como si sus pies estuvieran desconectados de su mente. Con cautela, limpió el sudor del rostro de Derrick con sus manos desnudas, temblorosas por la emoción. Mientras lo hacía, sus dedos rozaron la piel fina de Derrick, y por un instante se permitió contemplar los detalles: la suavidad de su textura, las líneas sutiles alrededor de sus labios carnosos y el leve brillo de sus párpados cerrados. Aunque no tenía mucha experiencia, Lincoln reconoció el estado de intoxicación de Derrick, y esa comprensión le dio una sensación inesperada de poder. Por primera vez, el equilibrio de la relación parecía inclinarse a su favor. Con delicadeza, tomó la mano de Derrick, una mano fuerte y robusta que cubría completamente la suya. Detalló las pulseras y los anillos de oro que adornaban su piel bronceada. Era como sostener algo valioso y frágil al mismo tiempo. "Si Dios quiere, estaría bien si en este momento muriera," pensó Lincoln mientras su corazón galopaba con fuerza contra su pecho.

—¿Ese hombre de rojo es tu novio? —preguntó Lincoln, rompiendo el silencio con una mezcla de curiosidad y celos.

—No tengo novio —respondió Derrick con voz áspera, sin abrir los ojos.

—Él está enamorado de ti —insistió Lincoln.

Derrick abrió los ojos lentamente y lo miró con una expresión cansada, pero firme.

—¿De qué se enamoran? —preguntó, su tono casi filosófico.

Lincoln sintió que esta era una oportunidad. Se acercó, sus manos temblorosas tocaron el rostro de Derrick, quien no se apartó.

—Se enamoran porque... —Lincoln lo miró a los ojos y acarició suavemente su mejilla—. Mírate.

Derrick sonrió con amargura y desvió la mirada hacia la ventana, como si ya hubiese escuchado esa frase innumerables veces y no le causara impacto.

—Todos ustedes son unos mediocres —dijo Derrick con desprecio, rompiendo el momento.

La declaración cayó como un balde de agua fría sobre Lincoln, quien se quedó congelado por la sorpresa y la humillación.

—Detenga el auto, el joven ya llegó —ordenó Derrick al conductor sin siquiera mirarlo.

—Yo no he llegado —contestó Lincoln, confundido, mirando por la ventana para confirmar que atravesaban Times Square.

Derrick se inclinó hacia él, abrió la puerta del auto y lo empujó ligeramente hacia fuera.

—Eres un idiota —dijo, mirándolo con frialdad.

Lincoln, con los pies en el asfalto, aferrado al borde de la puerta, se negó a dejarlo ir.

—¿Un idiota por qué? —preguntó, su voz temblorosa pero desafiante.

Derrick lo miró con una mezcla de cansancio e irritación.

—Porque no sé qué estás haciendo aquí —respondió con brusquedad, inclinándose hacia él.

Lincoln no retrocedió.

—Estoy aquí porque quiero conocerte —insistió, su tono cargado de desesperación y valentía en partes iguales.

—Ya te he dicho que no estoy interesado —replicó Derrick, su voz más baja, casi un susurro, pero firme.

Lincoln respiró hondo, su agarre en el borde de la puerta se intensificó.

—Tú no sabes lo que quieres.

Derrick soltó una risa corta, amarga.

—¿Qué edad tienes?

—Soy lo suficientemente mayor para saber que te quiero —respondió Lincoln, con una determinación inquebrantable.

Derrick lo miró detenidamente, su expresión cambiando por un momento, como si estuviera evaluando algo que solo él entendía.

—No soy tan bueno como crees —dijo finalmente, su tono lleno de una sinceridad incómoda.

Lincoln sostuvo su mirada, negando con la cabeza.

—Yo te conozco.

—No, tú no me conoces.

—¿Qué es lo peor que puede pasar? —preguntó Lincoln, su voz quebrada por la vulnerabilidad.

Derrick frunció el ceño, su respuesta cayendo como un martillo:

—Puedo destruirte.

Un silencio pesado llenó el aire. Pero Lincoln, con una leve sonrisa desafiante, respondió:

—Destrúyeme —dijo Lincoln, desafiante.

Derrick apretó los labios, sus ojos se endurecieron. Sin una palabra más, lo empujó con fuerza, obligándolo a soltar la puerta.

Lincoln tropezó y cayó al asfalto.

Derrick cerró la puerta de un golpe, y el taxi arrancó.

Lincoln rápidamente se puso de pie, con una decepción que se instaló en su pecho como un ancla, observando el taxi alejarse.

No había avanzado una cuadra cuando se detuvo. La puerta trasera se abrió, y Derrick sacó la cabeza para vomitar. Lincoln sonrió instintivamente y caminó a pasos agigantados hacia él.

Cuando Lincoln llegó a la casa de Sofía, usó las llaves que encontró en la riñonera de Derrick para entrar. La adrenalina y el reciente entrenamiento en el gimnasio le permitieron arrastrar a Derrick hasta el baño. Allí, con un esfuerzo que desbordaba determinación, lo acomodó en la bañera y lo despojó de sus ropas. Sin pensarlo demasiado, también se quitó la suya, dejando que la ducha de agua tibia cubriera a ambos. Derrick se despertó desorientado, sus párpados pesados apenas levantándose mientras intentaba enfocar la mirada en el rostro de Lincoln. La confusión se reflejaba en su expresión mientras su mente, nublada por las drogas, luchaba por comprender la situación.

—¿Qué haces? —preguntó Derrick, con la voz rota, apenas un susurro.

Lincoln lo miró y sonrió, con una mezcla de orgullo y ternura, como si cuidar de él fuera un acto heroico.

—Cuidándote —respondió, vanidoso pero suave.

Derrick frunció el ceño y giró los ojos, desganado, mientras intentaba levantarse. El agua tibia caía sobre su piel, pero no parecía registrarla por completo. Tropezó al salir de la ducha, tambaleándose hasta el lavabo, donde se sostuvo con ambas manos, respirando con dificultad.

—¿Dónde está RedSaint? —preguntó de repente, su voz cargada de una confusión que reflejaba las lagunas mentales que las drogas habían dejado en su mente.

Lincoln se quedó inmóvil, sorprendido por la pregunta. Sus labios se abrieron ligeramente, pero no encontró respuesta inmediata.

—No lo sé... —dijo suavemente—. Ahora estás conmigo.

—Vístete y lárgate de aquí —gruñó Derrick, mirando su reflejo en el espejo, evitando cualquier contacto visual con Lincoln.

Lincoln, decepcionado y pensativo, permaneció bajo el agua de la ducha, sintiendo cómo las gotas tibias intentaban apaciguar el tumulto de emociones en su interior. Mientras trataba de encontrar una forma de quedarse, un sonido procedente de la habitación captó su atención. Era Derrick, aparentemente limpiándose la nariz, aunque en realidad estaba induciendo ketamina con movimientos precisos y casi mecánicos.

De repente, Derrick apareció nuevamente en la puerta del baño, envuelto en una toalla. Su cabello aún goteaba, y sus ojos brillaban con una intensidad extraña. Sin decir una palabra, extendió una mano hacia Lincoln, revelando una pequeña pastilla blanca—Euphorix—en su palma. Lincoln lo miró confuso por un momento, pero antes de que pudiera articular una pregunta, su deseo de no romper el frágil momento entre ellos lo dominó. Tomó la pastilla y la tragó de inmediato, sin vacilar ni cuestionar.

Derrick esbozó una leve sonrisa, cargada de misterio, y caminó hacia el lavabo. Desde su celular, activó las bocinas, llenando la habitación con música techno. Al mismo tiempo, la iluminación cambió; luces rojas comenzaron a pulsar al ritmo de la música, transformando el espacio en un ambiente surrealista, casi hipnótico.

Lincoln cerró la ducha, se envolvió en una toalla blanca y observó el cambio de personalidad de Derrick desde una distancia segura. Luego comenzó a sentir algo diferente en su cuerpo. Su respiración se aceleró, su piel comenzó a brillar con un sudor inesperado, y sus pies, sin que él lo notara al principio, se movían incesantemente, tamborileando contra el suelo del baño. Sus dedos también comenzaron a buscar algo, como si buscaran aferrarse a algo tangible en medio de su estado alterado.

Las luces rojas del baño intensificaban el brillo en sus ojos, ahora entrecerrados, mientras Lincoln, luchando contra la confusión, intentaba mantenerse erguido. Derrick, que lo observaba de reojo mientras aplicaba sus productos faciales, dejó escapar una risa ligera, casi burlona.

—Ven aquí —ordenó Derrick, su tono tranquilo, pero con un dejo de autoridad.

Lincoln, con movimientos erráticos, se acercó y se dejó guiar. Derrick lo alzó por la cintura con facilidad, sentándolo sobre el lavabo. Mientras le aplicaba los productos faciales con movimientos delicados, Lincoln lo observaba, hipnotizado, como si el mundo se hubiera reducido a ellos dos y al espacio pulsante del baño.

—Qué hijos más bonitos vamos a tener juntos —murmuró Lincoln, de repente, su voz arrastrada por la intoxicación.

Derrick se detuvo por un instante, sorprendido por la declaración. Por primera vez en esa noche, soltó una risa breve, seca, que parecía más un reflejo que una respuesta. Lincoln, animado por aquella risa, acercó sus manos al rostro de Derrick, tocándolo suavemente mientras sus ojos buscaban una conexión más profunda.

—Mírate... —dijo Lincoln, como si aquello lo explicara todo.

Derrick lo miró con una mezcla de cansancio y escepticismo, pero no respondió. En cambio, dejó que la música llenara el silencio entre ellos, creando una tensión casi palpable. Ambos estaban atrapados en un momento que era a la vez hermoso y destructivo, como si el baño se hubiera transformado en un escenario donde sus vidas colisionaban con fuerza y fragilidad a partes iguales.

Derrick y Lincoln se sentaron al borde de la cama, donde una pipa de cristal descansaba entre sus manos temblorosas. Derrick, con una calma casi hipnótica, encendió el encendedor y calentó la cavidad esférica de la pipa que contenía diminutos cristales brillantes. Al calentarse, los cristales se transformaron en una nube densa que serpenteaba dentro del tubo, lista para ser inhalada.

—Respira profundo —susurró Derrick, acercando la pipa a los labios de Lincoln.

Lincoln obedeció, aspirando el humo que le quemaba ligeramente la garganta. Al exhalar, sintió una oleada de sensaciones desconocidas que se arremolinaban en su interior. Miró a Derrick, quien lo observaba con una mezcla de curiosidad; algo que Lincoln interpretó como aprobación. Su ignorancia lo protegía de imaginar las secuelas devastadoras que la metanfetamina podía dejar en alguien como él, alguien que aún conservaba una pureza que Derrick parecía decidido a destruir. La atmósfera se tornó etérea. Los sonidos parecían distorsionarse, y las luces rojas, adquirieron halos que bailaban en las paredes. Lincoln se sentía flotando, desligado de la realidad, pero intensamente conectado a Derrick, en un agarre que se negaba a soltar. En medio de aquella nebulosa de sensaciones,

Lincoln notó una fotografía enmarcada sobre la mesita de noche. La tomó con cuidado. En la imagen, un pequeño Derrick sonreía sosteniendo una guitarra, al lado de una mujer de cabellos oscuros y mirada serena.

—¿Es tu madre? —preguntó Lincoln suavemente.

Derrick asintió, su mirada fija en la foto, pero sus ojos reflejaban una melancolía profunda.

—¿Dónde está?

—En Connecticut —respondió Derrick, su voz apenas audible.

—¿Tocas la guitarra? ¿Cantas?

Derrick se encogió de hombros con modestia. Había una vulnerabilidad en él que Lincoln no había visto antes.

—Cántame algo... por favor —pidió Lincoln, con una sonrisa esperanzada.

El ambiente cambió de pronto. Los ojos de Derrick se oscurecieron, y una sombra cruzó su rostro. Sin previo aviso, lo empujó hacia la cama, y con una mezcla de urgencia y deseo, comenzó a lamerle la cara con intensidad. Al principio, Lincoln se sintió abrumado, pero también emocionado. Se entregó al momento, pensando que esta vez había algo más que simple deseo entre ellos. Pero la pasión se volvió caótica. Derrick, bajo los efectos de las drogas, se aferraba a Lincoln con una insistencia pesada, casi sofocante. Cada movimiento suyo lo hacía sentir atrapado, invadido. Afuera, la lluvia comenzó a caer con fuerza torrencial, las gotas golpeaban la ventana como un eco de la tormenta dentro de la habitación. Lincoln, con los ojos fijos en la ventana cubierta con las cortinas, escuchaba como el agua golpeaba contra el cristal, deseando estar afuera, lejos de esa cama.

—¡Está lloviendo! —murmuró Lincoln como si pidiera auxilio, tratando de encontrar una vía de escape.

—Si te mueves, te va a doler más —advirtió Derrick.

—¡Está lloviendo! —continuó Lincoln, adolorido.

Derrick lo silenció, cubriéndole la boca con su mano.

Cuando Lincoln intentó apartarse, Derrick ejerció mayor presión sobre su cuerpo. Finalmente, con un último esfuerzo desesperado, Lincoln logró desatarse de su agarre. Respirando con dificultad, corrió hacia la ventana, apartó las cortinas y vio la lluvia torrencial que caía afuera. El mundo exterior parecía tan limpio, tan liberador en comparación con la opresión de esa habitación. Sin pensarlo más, se envolvió en las sábanas blancas y salió descalzo a la calle. Afuera, el agua fría lo recibió como un bálsamo, lavando la desesperación que lo había consumido momentos antes. En el centro de la solitaria avenida, Lincoln se dejó caer de rodillas. La lluvia empapaba su cuerpo mientras las lágrimas brotaban incontrolables. Por primera vez en mucho tiempo, lloraba desgarrado. Pero no por las humillaciones pasadas ni por el amor no correspondido, sino por el dolor físico y la sensación de haber sido corrompido. Cada gota de lluvia que caía sobre su piel parecía insuficiente para lavar el daño que sentía por dentro.

Derrick apareció en la puerta, su figura iluminada por la tenue luz de la casa. Vestía una sudadera gris ajustada a la cintura con un cordón. Su rostro estaba pálido, y sus movimientos tambaleantes evidenciaban los efectos persistentes de las drogas.

—¡Hey! ¿Qué estás haciendo? Ven aquí ya mismo —gritó Derrick con voz cortante.

Lincoln levantó la mirada hacia él, sus ojos enrojecidos por el llanto, pero no respondió. En lugar de eso, fingió una sonrisa y comenzó a bailar bajo la lluvia

—Ven, baila conmigo —dijo con un tono casi desafiante, extendiendo sus brazos hacia Derrick, invitándolo a unirse.

Derrick negó con la cabeza, irritado por la desobediencia. Dio un paso hacia adelante, pero se detuvo bajo el techo, reacio a mojarse.

—¡Te va a agarrar el octopus! —gritó Derrick, su tono frenético y su rostro descompuesto por el miedo.

Lincoln lo miró, desconcertado por las palabras, pero no respondió. En cambio, giró sobre sí mismo, los brazos extendidos, dejando que la lluvia lo cubriera por completo.

Derrick, frustrado y fuera de sí, corrió hacia él, lo agarró del brazo y lo jaló hacia la casa.

—¡El octopus te va a coger! —repetía, su voz temblorosa mientras lo arrastraba adentro.

De vuelta en la casa, Lincoln seguía temblando, no solo por el frío de la lluvia, sino por la intensidad de lo que acababa de vivir. La puerta principal se cerró de golpe, y Derrick, con el cabello empapado y la respiración entrecortada, se recostó contra la madera, mirando a través del ojo de la cerradura como si esperara algo monstruoso al otro lado.

—Derrick, ¿qué está pasando? —la voz de Sofía rompió el silencio mientras descendía las escaleras, su bata de dormir ondeando con cada paso apresurado. Al llegar al pie de la escalera, su expresión cambió al notar a Lincoln, empapado y envuelto en sus sábanas blancas—. ¿Y tú quién eres, envuelto en mis sábanas? —su tono se tornó más severo, y sus ojos, llenos de incredulidad, buscaron a Derrick—. ¡Derrick! —lo llamó con voz cargada de enojo.

Derrick no respondió. Sus ojos permanecían clavados en la puerta, sus pupilas dilatadas y su respiración acelerada, como si cada fibra de su ser estuviera enfocada en algo que solo él podía ver. Lincoln, todavía jadeando por el frío y el caos, lo miraba con creciente inquietud. No entendía lo que estaba sucediendo, pero el aire en la habitación estaba cargado de algo peligroso y desconocido.

—¡Derrick! —repitió Sofía, esta vez más fuerte, su tono revelando una mezcla de frustración y preocupación.

Finalmente, Derrick habló, pero sin apartar la vista de la puerta.

—Enciérrate en tu cuarto, Sofía —ordenó Derrick, con la voz tensa y la respiración agitada, sin apartar los ojos de la puerta.

—¿El octopus otra vez? —preguntó, como si se enfrentara a un problema que ya conocía de antes.

—Vete a dormir tranquila, aquí no entra — aseguró Derrick, aunque su tono traicionaba la falta de confianza en sus propias palabras. Seguía inmóvil, con el cuerpo rígido y los músculos tensos como si se preparara para un ataque inminente.

Lincoln, atrapado entre ambos, apenas podía procesar lo que estaba sucediendo. La palabra octopus se repetía en su mente, pero no encontraba ningún sentido en ella.

Sofía giró hacia Lincoln, su mirada ahora más fría y calculadora.

—Y tú, ¿qué haces todavía aquí? —dijo, señalándolo con un dedo acusador—. ¡Sal de mi casa antes de que llame a la policía!

Lincoln abrió la boca para responder, pero su voz salió temblorosa.

—Yo... no hice nada.

Derrick intervino rápidamente, sin despegarse de la puerta.

—Por aquí no puede salir.

—No me importa. No lo quiero aquí —dijo mientras se dirigía a la habitación de Derrick, que quedaba junto a la puerta principal.

Lincoln dio un paso atrás, sorprendido.

—¿Qué? Yo no hice nada...

Derrick se interpuso rápidamente.

—dijo, mientras escaneaba con los ojos las ventanas y la puerta—. No puedes salir por ninguna parte. —Su tono era de absoluta convicción, como si al salir algo terrible pudiera ocurrir.

Sofía resopló, cruzando los brazos.

—Derrick, no quiero tineros en mi casa —dijo con firmeza, regresando de la habitación con la ropa de Lincoln y su celular. Le arrojó ambas cosas.

Lincoln frunció el ceño, confuso.

—¿Tinero? —preguntó en voz baja, el término le resultaba desconocido, pero el tono de Sofía lo hizo sentir señalado.

—¡Sofía, no abras la puerta! —gritó Derrick al verla decidida abrir la puerta.

Sofía ignoró su advertencia y abrió la puerta de golpe. El rugido de la lluvia llenó la sala, y el aire frío se coló como un cuchillo.

—¡Fuera! —dijo Sofía con un gesto brusco.

—Está lloviendo, señora —dijo Lincoln, como si tuviese miedo de la misma lluvia que antes lo purificaba.

—Sino te ha matado la tina, no te va a matar la lluvia. Fuera de aquí, antes de que llame a la policía —amenazó Sofía sin compasión.

Lincoln miró hacia Derrick, buscando apoyo. Derrick estaba escondido detrás de una pared, apenas asomándose con ojos llenos de miedo.

—¿Derrick? —murmuró Lincoln, su voz cargada de desesperación.

—Cierren la puerta, Sofía, ciérrala ya, — insistió Derrick, con los ojos fijos en la entrada como si esperara que algo terrible apareciera.

—Vete y deja a mi nieto en paz, ¿o lo quieres matar con la porquería de la tina?

Lincoln, aún más desconcertado, balbuceó.

—¿Tina? ¿Quién es Tina?

Sofía con fuerza lo despojó de las sábanas blancas, y cerró la puerta con fuerza en su cara, el sonido resonando como un golpe seco.

Desesperado, se vistió al encontrarse desnudo, y con golpeó a la puerta con los nudillos.

—¡Señora, no sé quién es Tina! Por favor...

Desde adentro no hubo respuesta.

Lincoln, con los hombros caídos, se dio por vencido. Miró por la ventana y vio a Sofía discutiendo con Derrick. Ella gesticulaba furiosamente, mientras él seguía vigilando la puerta como si algo estuviera por irrumpir.

Cuando Sofía notó que Lincoln los observaba, corrió hacia la ventana y cerró las cortinas de golpe, culminando cualquier conexión entre ellos y dejándolo completamente solo bajo la tormenta.

La caminata bajo la lluvia hacia Hell's Kitchen no fue un simple trayecto, sino una lucha constante contra sus propios pensamientos, que parecían multiplicarse con cada paso. Esa noche, Lincoln no logró dormir. Ni la siguiente. Ni la que siguió después. Al insomnio le encontró una razón: estaba enamorándose profundamente de Derrick. Este sentimiento lo consumía, ocupando el 99% de sus días, y ahora, arrebatándole la poca tranquilidad que le quedaba a sus noches. Sin saberlo, enfrentaba algo más que una creciente obsesión. Experimentaba los complejos efectos secundarios del cristal meth.

———

Al día siguiente, Lincoln no despertó, porque jamás durmió. A pesar de la fiebre y un resfriado que le perforaba el pecho, la ansiedad lo empujó a vestirse con el hoodie negro de Derrick, su único consuelo. Con la capucha cubriendo su rostro, tomó el tren rumbo a la casa de Sofía, movido por una necesidad incontrolable de verlo. Al llegar, tocó la puerta con insistencia, golpeando con tal fuerza que sus nudillos se enrojecieron. Esperó, con la mirada fija en las ventanas, buscando una señal de vida. Sofía, desde adentro, escuchó claramente, pero decidió ignorarlo. Para ella, Lincoln era un mal innecesario, y su nieto ya tenía demasiados. Derrick, en cambio, no escuchó nada. En su habitación, yacía profundamente dormido, con la respiración acompasada y los músculos laxos, gracias a una dosis de Xanax que Sofía había diluido en su agua bajo el pretexto de que eran vitaminas. Este método, perfeccionado años atrás con su hija cuando las drogas habían convertido su hogar en un campo de batalla, era ahora su solución desesperada. No dudaba en recurrir al mismo truco con su nieto, asegurándoles a ambos un poco de paz.

Lincoln permaneció afuera durante dos largas horas. Cada vez que pensaba marcharse, la esperanza lo aferraba. Quizá el próximo minuto sería el momento en que la puerta se abriría o Derrick aparecería en la esquina, con esa sonrisa indescifrable que lo hacía olvidarlo todo. Pero los minutos se apilaban como las nubes que oscurecían el cielo, y la realidad golpeaba con la misma fuerza que el frío viento de abril. Finalmente, derrotado, se dio la vuelta. La capucha del hoodie negro cubría su rostro, pero sus hombros encorvados delataban su desesperanza. Bajo la llovizna que empezaba a caer, el rechazo que lo acompañaba comenzó a endurecerse, transformándose en una furia que no sabía cómo contener. Esa misma noche, incapaz de quedarse quieto en su habitación, terminó en el gimnasio. No había plan, solo una necesidad urgente de moverse, de expulsar el caos que lo consumía. En la esquina del lugar, un saco de boxeo colgaba en silencio, inmóvil. Algo en su quietud lo provocó. Lincoln se acercó, sus pasos pesados resonando en el espacio vacío. Cerró los puños, y sin saber realmente lo que hacía, golpeó el saco. El primer impacto le dolió en los nudillos, pero no se detuvo. Sus golpes desordenados comenzaron a resonar, sus músculos ardiendo con cada movimiento. Con cada impacto, las palabras surgieron en su mente, primero como murmullos, luego como frases más nítidas, cada una empapada de su frustración y dolor.

—Maldito sea el pulpo... —susurró entre dientes, golpeando con más fuerza.

Las palabras fluían, ajustándose al ritmo de sus golpes, mientras su respiración se agitaba. No sabía de dónde provenían, pero se aferró a ellas como si fueran un ancla en medio de su tormenta interna.

—Maldito sea el pulpo que ya más de mil veces ha sido maldecido...

Los golpes continuaron, y sus pensamientos se convirtieron en versos, con cada uno de ellos abriendo nuevas grietas en su corazón. Finalmente, exhausto, apoyó su frente sudorosa contra el saco, dejando que las lágrimas corrieran sin resistencia. En ese momento, el poema era suyo. Era todo lo que tenía.

A la mañana siguiente, se lo recitó a la clase.

```
Maldito sea el pulpo que ya más de
mil veces ha sido maldecido. Si te
encontrara   arrastrándote   en   la
tierra, con mis propias manos te
regresaría a lo más profundo del
océano.

Maldito sea el pulpo que ya más de
mil veces ha sido maldecido. Si te
encontrara en lo más profundo del
océano, te haría preso de mis sueños
y en mis pesadillas te haría pedazos.

Maldito sea el pulpo que ya mil veces ha
sido maldecido. Si en mis pesadillas
te encontrara todo roto y destruido,
bajo las rocas te escondería. Porque
si él se entera que no te he dejado
vivo. Con  sus  propias  manos  me
mataría, y bajo las rocas, junto a tu
cuerpo, me abandonaría.
```

```
Maldito sea el pulpo que ya mil veces
he maldecido.
Déjame encontrarte maldito pulpo,
que ya más de mil veces ha sido
maldecido.
```

En el fondo del salón, Linda lo escuchaba con una atención que nunca le había dedicado antes. Para ella, las imágenes eran vívidas, casi palpables, pero no era el contenido lo que más le intrigaba, sino el fervor con el que Lincoln las pronunciaba. Sabía, como solo una escritora sabe, que esas palabras venían de un lugar oscuro y profundo. Pero prefirió no ahondar en ello. La obra era suficiente. Cuando la clase terminó, Linda se acercó a él, lo observó detenidamente. A diferencia de otros días, en los que Lincoln solía rodearla con ansiosa insistencia, rogándole por una oportunidad de ser su asistente, esta vez había algo distinto. Estaba más callado, más ensimismado, como si cargara con un peso que ni siquiera quería compartir.

—Próximo lunes, en mi oficina, a la 1 p. m. —dijo ella, con un tono que mezclaba autoridad e indecisión.

Lincoln la miró, tratando de asimilar lo que acababa de escuchar. La felicidad entró en su cuerpo de a poco, como un río que comenzaba a desbordarse.

—Si llegas un minuto tarde, mejor no llegues, y a mi clase no vuelvas. ¿Está claro? —añadió Linda.

—¿Es en serio? —preguntó Lincoln, su voz quebrándose entre la incredulidad y la emoción.

Linda no respondió. Ya se había arrepentido de su decisión, así que simplemente caminó hacia la puerta. Cuando estuvo a punto de salir del salón, escuchó a Lincoln gritar desde lo más profundo de su pecho, como si su corazón se le hubiera salido.

———

A medianoche del siguiente viernes, Lincoln esperó frente a la entrada del club nocturno, su cuerpo envuelto en un abrigo que apenas lo protegía del frío que escalaba desde el pavimento. La calle brillaba con los reflejos de las luces de neón, sus colores difusos por la humedad. En su mano, el teléfono temblaba, iluminando su rostro con una luz azul que proyectaba ansiedad. Había enviado más de cuarenta mensajes a Derrick en cuestión de minutos, pero todos aparecían en globos verdes. La ausencia de la habitual tonalidad azul lo golpeaba como una señal de desconexión, algo mucho peor que el simple silencio. Cada segundo sin respuesta era un zumbido en su cabeza, un eco insoportable de su soledad. Decidió hacer lo único que sabía: llenarse de optimismo y seguir esperando. Había memorizado un poema que no daba espera, palabras que le quemaban la lengua por ser recitadas. Pero la espera, como un hilo delgado que se estira hasta romperse, fue interrumpida por el sonido de su teléfono. Santiago. Una propuesta. Una distracción.

Lincoln caminó cinco cuadras y media hasta un hotel cinco estrellas, donde el brillo de los dorados falsos intentaba ocultar la decadencia que albergaba. Frente al elevador, Santiago lo esperaba, sus ojos con un brillo febril, más intenso que el de las lámparas del lobby. Vestía zapatillas de hotel y lo abrazó con una familiaridad inesperada, susurrándole en el oído:

—Gracias por venir.

En ese momento, Derrick se desvaneció de la mente de Lincoln como un sueño que se disuelve al amanecer. La intensidad de Santiago lo atrapaba, su mirada cargada de secretos que Lincoln no sabía si quería descubrir.

—¿Has estado alguna vez con un hombre? —preguntó Santiago, directo, sin rodeos.

Lincoln lo miró, paralizado.

—¡No! —respondió, la palabra saliendo más como un reflejo que como una verdad. El silencio entre ambos se extendió, tenso, hasta que Lincoln, con un hilo de voz, devolvió la pregunta:

—¿Y tú?

—¡No! —respondió Santiago, casi ofendido—. Pero lo haría contigo, si fuese por dinero.

El elevador subió en silencio, cada número que ascendía en el panel parecía ser una cuenta regresiva hacia algo irreversible. Al abrirse las puertas, Santiago guió a Lincoln hacia una habitación donde un hombre mayor, rondando los cincuenta, estaba sentado en un sillón frente a la cama. Su rostro era un enigma, su mirada calculadora. Discreto, como se hacía llamar, no hablaba ni permitía que lo tocaran. Solo quería mirar. Y pagaba generosamente por ello.

Santiago llevó a Lincoln al baño y cerró la puerta detrás de ellos. El espacio, iluminado por una luz tenue, reflejaba la blancura impoluta del mármol, contrastando con la incomodidad palpable que ambos cargaban. Sobre el mesón descansaba un arsenal de drogas, un enema y un par de toallas dobladas, herramientas de un proceso que Santiago estaba a punto de enseñar.

—Esto no toma mucho tiempo si sabes hacerlo bien, —comentó Santiago, mientras extendía una bolsita de plástico que contenía un polvo blanco—. Pero esto te va a ayudar a que sea más rápido.

Lincoln lo miró, confundido, mientras Santiago ya comenzaba a preparar una pequeña línea de cocaína sobre el mármol. Con movimientos precisos, pero ligeramente temblorosos, usó una tarjeta para alinear el polvo. Luego, levantó la vista hacia Lincoln, su mirada intensa y desinhibida.

—¿Qué haces? —preguntó Lincoln, aunque ya sospechaba la respuesta.

—Te va a dar el impulso necesario para ir al baño más rápido, —dijo Santiago con una sonrisa torcida—. Créeme, es mejor así. ¿Es tu primera vez, no?

Lincoln asintió lentamente, sintiéndose cada vez más fuera de lugar, pero incapaz de detener lo que estaba sucediendo.

—Pues entonces —Santiago después de enrollar un billete de dólar, lo ofreció a Lincoln.

Lincoln se mostraba inseguro.

—¿Confías en mí? —preguntó Santiago, tocándole el rostro.

Atrapado entre la presión de Santiago y el peso de la situación, Lincoln asintió. Tomó el billete de dólar enrollado, y con un último suspiro, aspiró la línea. El polvo quemó ligeramente su nariz, y su pecho se llenó con una sensación de calor que subió rápidamente a su cabeza.

Santiago sonrió satisfecho.

La cocaína comenzó a actuar en minutos. Lincoln sintió cómo su mente se aceleraba, y su cuerpo parecía más alerta, más consciente de cada pequeño movimiento. Santiago le entregó el enema con una mezcla de impaciencia y entusiasmo.

—Llena esto con agua tibia y empieza —indicó Santiago, mientras se apoyaba contra la pared con los brazos cruzados, claramente bajo los efectos de su propia dosis.

Lincoln llenó el enema y lo sostuvo con nerviosismo, mirando a Santiago por el espejo, esperando a que saliera. Santiago no se inmutó. Como si la incomodidad de Lincoln de alguna manera lo reconfortaba.

—¿Puedes salir? —preguntó Lincoln, su tono lleno de incomodidad.

—No —respondió Santiago, sin siquiera considerar la posibilidad—. Necesito asegurarme de que lo hagas bien, o me vas a terminar cagando todo.

Lincoln suspiró, y resignado, comenzó el procedimiento de evacuación. En cada intento, Santiago lo corregía, insistiendo en que retuviera el agua por más tiempo para lograr un desalojo más efectivo. Pero Lincoln, luchando contra el peso incómodo de los líquidos en su interior, sentía cómo su cuerpo clamaba por liberarse. Cada corrección de Santiago lo hundía más en la vergüenza de ser observado y evaluado, una humillación que parecía interminable. Sin embargo, a medida que las drogas comenzaban a hacer efecto y el tiempo se alargaba, el ambiente cambió sutilmente, transformándose en un espacio inesperado de confianza y camaradería.

Durante dos horas, fingieron hacer el amor bajo la atenta mirada de Discreto, embolsándose $5000, de los cuales a Lincoln le correspondían $3000 por su supuesta virginidad. La experiencia lo dejó aturdido, pero no tanto como el dinero en sus manos.

Después de completar la tarea con Discreto, la ciudad parecía envolverse en la euforia que ambos hombres cargaban. Nueva York, con su constante zumbido de sirenas y murmullos lejanos, era el lienzo perfecto para su reciente intoxicación de dinero y drogas.

Santiago caminaba con un paso confiado y deliberado. Lincoln, por su parte, le seguía muy de cerca, con una mezcla de sumisión juguetona y un hambre de conexión que no sabía cómo expresar.

—¿A dónde vamos? —preguntó Lincoln, esforzándose por igualar el paso de Santiago.

—A un lugar donde no hagan preguntas, —respondió Santiago sin voltear, su tono despreocupado.

Lincoln, aún empapado en el calor artificial de las drogas, sintió el impulso de agarrarle la mano. Fue un gesto rápido, casi instintivo, pero Santiago no se apartó. Se limitó a lanzar una mirada rápida hacia Lincoln, una sonrisa ladeada apareciendo en su rostro antes de sacudir la cabeza.

Santiago apretó con más fuerza.

Lincoln, respondiendo al estimulo, se lanzó a besarle en un impulso que no premeditó.

—¿Qué haces? —preguntó Santiago sin rodeos pero con una sonrisa que confundió a Lincoln.

—Te pregunté que a donde vamos. Vamos al club donde yo trabajaba.

—Yo no voy a antros gays, —respondió con frialdad, cada palabra cortando el aire entre ellos.

—¿Por qué no? —insistió Lincoln, cruzando los brazos y retándolo a responder.

Santiago suspiró, pasó una mano por su cabello desordenado, y después de un momento de silencio, respondió:

—Porque no soy gay, —dijo con un tono que pretendía ser definitivo, pero que temblaba

ligeramente bajo el peso de su propia inseguridad.
—¿Tú sí? —preguntó Santiago, estudiándolo.
—¿Entonces por qué quieres ir a un antro gay?

Lincoln frunció el ceño, su mente girando por la contradicción de sus palabras y sus acciones. Santiago no le dio tiempo de responder antes de continuar:

—Hay un lugar cerca del Lower East Side que te va a encantar. —Su sonrisa volvió, agarró la mano de Lincoln, y caminaron hacia su horizonte—. Es mucho mejor que esos antros llenos de maricones.

Lincoln siguió a Santiago, pero sus pensamientos giraban en espiral, atascados en las palabras ambiguas de su compañero: «Porque no soy gay». El eco de esa frase resonaba en su mente, contradiciendo las acciones de Santiago, la forma en que lo había mirado, y más aún, cómo lo había tocado. La confusión lo mantenía al borde, como si caminara sobre una cuerda floja suspendida en el aire húmedo de Nueva York.

El club era un caos de luces estroboscópicas y música que parecía perforar los sentidos.

Dentro del baño, Santiago y Lincoln compartieron una línea de cocaína, encapsulándolos en una burbuja de coquetería. Pero al salir, esa frágil burbuja se rompió. Frente a ellos, Natalie, con su cabello perfecto y su actitud dominante, los encontró infraganti.

—Para ya, —dijo Santiago, empujando las manos de Lincoln lejos de la pared con un gesto rápido, sus palabras murmuradas, con sus labios peligrosamente cerca de los de Lincoln.

—¡Santiago! —gritó Natalia, aunque en el ruido del club, su voz se sintió más como un zumbido distante.

En su estado de intoxicación, Santiago no se inmutó. En lugar de retroceder o defenderse, giró hacia ella, y la besó con una intensidad que parecía calculada. Lincoln, sin saber lo que significaría ese momento, sintió una punzada, mientras observaba la forma en que Santiago reclamaba a Natalia en un abrazo cálido y sus dedos posesivos en su brazos. Natalia se dejó llevar al principio, pero su expresión se torció cuando el sabor químico de la cocaína inundó su boca. Se apartó con disgusto y le golpeó el hombro de forma juguetona, aunque su frustración era evidente.

—¿No me vas a presentar a tu amigo? —preguntó, observando a Lincoln con un escrutinio que lo irguió ligeramente.

Santiago, aprovechó su estado para ignorarla.

Natalia, irritada por su desinterés, torció los ojos y extendió la mano hacia Lincoln.

—Natalia, novia de Santiago. ¿Y tú eres...?

A Lincoln, la palabra novia le cayó como un ladrillo en el pie. Su corazón latió tan fuerte que temió que ella pudiera escucharlo por encima del bajo de la música.

—Lincoln, —respondió con una sonrisa torcida, su tono destilando sarcasmo—. Solo un amigo.

Natalia, reconociendo el estado alterado de ambos, les ofreció bebidas gratis, jactándose de conocer al dueño del club.

—¿Y tú de qué eres dueña? —preguntó Lincoln con una sonrisa venenosa, sintiendo una extraña necesidad de derribarla.

Natalia titubeó un instante, pero respondió con firmeza:

—Todavía estoy estudiando.

—Entonces mejor deberías presentarnos a tu amigo —Lincoln respondió, riendo suavemente, satisfecho de haber provocado una grieta en su seguridad.

Santiago, sin embargo, no lo encontró tan divertido. Con un movimiento brusco, agarró a Lincoln del brazo y lo arrastró al baño nuevamente. Allí, lo empujó contra la pared, su rostro a pocos centímetros del de Lincoln.

—¿Qué te pasa? —preguntó Santiago, su tono lleno de enojo.

—¿Tu novia? —espetó Lincoln, con una mezcla de indignación y dolor—. ¿Tienes novia?

—¿Algún problema? —respondió Santiago, sin apartar la mirada.

—¿Cómo que tienes novia? —Lincoln se mostró más herido que furioso—. Aún tengo tu leche adentro, ¿y ahora vienes con que tienes una novia?

La crudeza de sus palabras golpeó a Santiago como un bofetón. Sin saber cómo responder, lo empujó, intentando callarlo.

—¡Cállate! ¿Qué te pasa? —susurró, espiando alrededor, quien pudo haber escuchado, pero sus dedos seguían aferrados al brazo de Lincoln. La furia en su rostro era vergüenza, quizás, o una punzada de miedo que no se atrevía a reconocer.

—Te dije que no soy ningún maricón—. murmuró entre dientes, pero su voz tembló al final, traicionándolo.

En ese momento, Lincoln vio una espalda, que reconocería en cualquier lugar, saliendo por la puerta: los hombros marcados, la forma en que la piel se tensaba al moverse. Era Derrick. Tenía que ser él. Pero antes de que pudiera confirmar si era él, la figura desapareció.

—No, tú no eres ningún maricón, —respondió Lincoln, con una sonrisa amarga, regresando su mirada a Santiago—. Solo dejas que te coman por plata.

Lo empujó con fuerza y salió disparado del baño, dejando a Santiago furioso y sorprendido al mismo tiempo. Lincoln atravesó la multitud como una bala, con el corazón latiéndole en los oídos, buscando desesperado el rostro de Derrick entre la multitud, pero en lugar solo vio las mil caras de mujeres con risas amplias, intoxicadas hasta la depravación del alcohol. Llamó a Derrick, pero el hombre desapareció en el mar de cuerpos. Cada mensaje que envió al teléfono de Derrick quedaba atrapado en el abismo de los globos verdes; la frustración y la música seguían bombardeando sus sentidos. Al llegar a casa, el efecto de las drogas comenzaba a desvanecerse, dejando un vacío insoportable en su lugar. El eco de las luces del club seguía en su mente, junto con la visión de Derrick, tan vívida como inalcanzable. Dudó si lo había visto realmente o si había sido una alucinación. Quizá un cruel truco de su mente, jugando con una destreza perturbadora. Cuando finalmente llegó a su cama, se dejó caer sin siquiera quitarse los zapatos. Su cuerpo temblaba ligeramente, no por frío, sino por el vacío que lo devoraba desde adentro. Quiso cerrar los ojos, pero las luces estroboscópicas y la música del club seguían parpadeando y retumbando en su mente, mezcladas con el rostro inalcanzable de Derrick. Estiró una mano hacia el teléfono, esperando que algún milagro rompiera el abismo de los globos verdes, pero en lugar lo dejó caer al suelo, derrotado.

Para el lunes a mediodía, Lincoln ya estaba de pie. Se vistió con una ridícula camisa verde militar de flores, el cabello engominado hacia atrás, y en sus manos cargaba una desgastada carpeta con sus más preciados escritos. Su objetivo era claro: conseguir trabajo como asistente de Linda en The New Yorker. Sin embargo, mientras recorría las calles grises de la ciudad, un cansancio abrumador y pensamientos oscuros lo asaltaban, cuestionando la razón de su existencia. Lo que Lincoln desconocía era que ese peso en su pecho no era existencial, sino químico; los efectos secundarios de las drogas que consumió el fin de semana aún circulaban por su cuerpo, recordándole su fragilidad. Al cruzar el semáforo de la calle 54 con 9na, ignorando la luz roja y los bocinazos de los conductores, algo capturó su atención. A través del ventanal de un restaurante, vio una figura inconfundible: Derrick Passeri, sentado junto a RedSaint. La escena parecía congelada en un cuadro imposible. Derrick escondía sus ojos tras unos espejuelos oscuros, mientras RedSaint hablaba con gestos amplios, su voz vibrante llenando el pequeño espacio entre ellos. A pesar de que era lunes, para ellos era como un feriado; la fiesta no había terminado, y el ritmo del fin de semana seguía gobernando sus cuerpos y mentes. Sin pensar, Lincoln se lanzó hacia la ventana. El golpe de sus nudillos contra el cristal resonó como una detonación, ahuyentando a la mesera que tomaba la orden. Derrick no se inmutó. RedSaint, al reconocerlo, volteó los ojos con una mezcla de desprecio y fastidio.

—Ese es el puto problema con comerles tan bien el culo —dijo RedSaint, su voz afilada como una navaja.

Derrick, en cambio, permanecía imperturbable, como si la escena no fuera más que ruido de ambiente.

—¿Por qué no has contestado mis mensajes? —preguntó Lincoln, irrumpiendo en la mesa con una agresividad ajeno de su caracter.

RedSaint soltó una carcajada, inclinándose hacia Derrick como si compartieran un chiste privado.

—Qué pregunta más tonta, —respondió, sus palabras goteando sarcasmo—. Si no responde, es porque no está interesado. ¿Alguna otra brillante pregunta o mejor te largas?

—¿Quién te pidió tu opinión? —respondió Lincoln, su valentía impulsada tanto por la rabia como por los vestigios químicos en su sistema.

RedSaint lo observó, su expresión endureciéndose.

—Con gusto te rompería esa cabezota tan grande, pero tardamos 45 minutos para conseguir esta mesa y toda la maldita noche para comer estos panqueques. Así que hoy, como ningún otro día, voy a permitir que te marches con tu dignidad intacta. Y la próxima vez que me veas, no me mires, no me hables, y te darás la vuelta como el perro que eres. De lo contrario, te destrozaré tu cabezota contra el suelo.

—¡Atrévete! —respondió Lincoln, temblando, pero desafiante, decidido a no retroceder.

RedSaint, con una tranquilidad aterradora, se levantó, lo agarró del cuello y lo arrastró fuera del restaurante. La fuerza con la que lo lanzó contra el asfalto lo dejó con los brazos y las manos raspadas. Lincoln, más humillado que herido, se levantó lentamente, con los ojos clavados en la puerta, que ahora le cerraba cualquier esperanza de redención. Por su parte, Derrick y RedSaint, antes de partir del restaurante, entraron al baño para inducirse una mezcla de molly y ketamina, preparando sus cuerpos para las horas que le seguían, porque después de la fiesta, el momento de desinibirse en la oscuridad, había llegado.

———

El Calabozo de Dean, un amplio apartamento en el corazón de Hell's Kitchen transformado en un espacio clandestino para desatar deseos carnales, lejos de la mirada juzgadora de los criticones. Lincoln arribó treinta segundos después de la llegada de Derrick y RedSaint. Su respiración pesada y sus raspones sangrando, Lincoln pulsó todos los timbres del edificio hasta que alguien, le permitió entrar. En el pasillo, dos hombres tipo bear, vestían hoodies y shorts deportivos. Ambos lo miraron con una mezcla de curiosidad y deseo. Lincoln los miró con físico temor. Siguiendo su instinto, entró al apartamento al final del pasillo, la misma puerta donde aquellos dos sospechosos sujetos emergieron. Las luces de neón y la música techno, creaban un ambiente asfixiante, saturado con un olor característico, que Lincoln con el tiempo, reconocería como olor a hombre y sexo.

Detrás de un muro improvisado, una mujer trans de torso desnudo controlaba la entrada con la firmeza de un guardián.

—Con esta identificación falsa no te puedo dejar entrar —dijo ella al analizar su identificación.

Lincoln trató de persuadirla, su tono desesperado, pero ella, con veinte años más de experiencia en hombres como él, no se dejó engañar. Finalmente, y tras un soborno de $200 dólares, que pagó con el dinero del calor de su trasero, ella, a regañadientes, le permitió el acceso. Dentro, el espacio era opresivamente pequeño. El aire era denso, cargado de un hedor fétido que mezclaba semen, cuero, sudor y algo indefinido, como pelo mojado. Era un olor masculino, casi animal, que se adhería a la piel y a las fosas nasales como una capa invisible. Lincoln respiró profundo, primero con rechazo, pero luego con una extraña aceptación. Ahora reducido a su ropa interior desgastada, se apoyó sobre una pared, tratando de procesar la intensidad del lugar. Las miradas que recibió no eran de bienvenida, pero tampoco de rechazo. Eran miradas de viejos que lo devoraban a su paso. Y aunque quiso marcharse, su misión aún no estaba terminada.

En el baño, Lincoln se encontró con un hombre mayor, frágil como un suspiro, sosteniendo una pequeña bolsita de polvo blanco. Al ver la sustancia, los ojos de Lincoln se abrieron como si le fueran a echar gotas. El hombre, con su mirada experta, captó de inmediato la ansiedad y la curiosidad juvenil que irradiaba Lincoln. Sin decir una palabra, y como si fuera un acto natural, le ofreció del polvo blanco, inclinándose hacia él con una mezcla de comprensión y complicidad. Al inhalar profundamente la ketamina, Lincoln sintió como si una ola tibia y pacífica recorriera su cuerpo, devolviéndole una calma casi ilusoria, como si todo el caos de su mente en relación con la serie de desafortunados eventos ocurridos desde su encuentro con Derrick en el restaurante, hubiera sido silenciado por un instante. Esa tranquilidad prometida, lo atrapó. Mientras sus sentidos se embotaban y su percepción se distorsionaba, el hombre mayor, con una lentitud casi reverente, se agachó y bajó los calzoncillos gastados de Lincoln. Antes de que el acto se consumara, RedSaint apareció en la puerta. Su presencia era como una sombra alargada, amenazante.

—¿Qué haces? —preguntó Lincoln, mirando al hombre mayor con un desprecio fingido, al notar la mirada de RedSaint.

El hombre balbuceó una disculpa, levantándose rápidamente para salir del baño. RedSaint no dijo nada. Solo lo miró con una mueca de asco antes de escupir en el lavamanos. Lincoln se agachó, buscando equilibrio tras el rápido efecto de la ketamina. En un gesto de empatía, RedSaint extendió su mano hacia él. Lincoln, en su efecto, no dudó en tomarla. No importaba cuánto lo despreciara, siempre lo admiraría, porque encarnaba todo lo que él mismo deseaba algún día ser. Sin soltarlo, RedSaint lo guió a un lugar especial.

Ambos descendieron por unas escaleras angostas que parecían tragárselo, como si cada peldaño lo llevara más profundamente al vientre de un monstruo. Las paredes eran estrechas y el aire se sentía claustrofóbico, como si el lugar mismo espiara y respirara en ciclos el mismo aire. Al final del descenso, un letrero «exit», arriba, en una pared posterior, brillaba con una luz débil y parpadeante, burlándose de la posibilidad de escape. Un escalofrío recorrió a Lincoln al verlo, una sensación de déjà vu que lo inquietó por un momento antes de que la ketamina le devolviera la calma, adormeciendo sus temores. El olor a macho que predominaba el lugar pegaba más fuerte que en el piso superior, pero antes de que pudiera procesarlo, se topó con una coreografía brutal casi hipnótica. En el centro del espacio, un hombre en un sling era usado por cinco más. Debido al rápido efecto de la ketamina, Lincoln, como cada vez, desarrolló naturalmente un sentido del humor característico de su personalidad juguetona. Con su dedo índice y la fascinación de un niño, contó dos veces a los hombres que circulaban el sling. Cuando uno de ellos, con una paciencia corta, le preguntó qué hacía allí, Lincoln respondió con desenfado:

—Busco a mi novio. ¿Alguien lo ha visto?

Todos rieron, incluso RedSaint y el hombre de la paciencia corta. Por primera vez en mucho tiempo, Lincoln se sintió bienvenido. Aunque su tono era ligero, sus ojos escaneaban el lugar con una intensidad que contradecía su actitud despreocupada. La penumbra no ayudaba; los rostros se mezclaban en sombras distorsionadas. En las mismas sombras donde sus ojos marrón se encontraron con los ojos azules de él, al acercarse preocupado de su bienestar al estar rodeado de tantos hombres. Allí, en el sling, Derrick lo observaba en silencio, inmóvil, como una figura atrapada en un cuadro grotesco, mientras otro hombre lo usaba con indiferencia, como si Derrick fuera un objeto más en el decadente escenario. El tiempo pareció detenerse para Lincoln, y por esa fracción, despertó del estado intoxicado en el que deambulaba. Sintió cómo el aire se volvía denso, se entrecortaba, mientras su corazón latía a un ritmo vertiginoso. Derrick, sin vergüenza, sostuvo su mirada en la penumbra. Lincoln dirigió sus ojos al hombre que dominaba a Derrick. Delgado, de estatura media, con labios gruesos y un tono de piel que perdía su color en la oscuridad. Lo que más le aterraba era su rostro serio e inexpresivo, mecánico, como si lo que hacía no tuviera ningún peso moral, ningún sentido más allá de su satisfacción personal. Qué egoísta es el sexo mal hecho. A Lincoln, el nudo en la garganta se le hizo más apretado. Su mirada se desvió hacia Derrick, esperando encontrar algún tipo de señal, algo que desmintiera lo que estaba viendo. Pero la sonrisa de Derrick al extenderse sobre su cara, golpeó a Lincoln con la fuerza de una cachetada. Incapaz de contenerse, devolvió el golpe. La palma de Lincoln aterrizó con fuerza en el rostro de Derrick, un sonido seco que hizo eco en el lugar. El calor en su mano se extendió como una advertencia, mientras la mejilla de Derrick enrojecía bajo el impacto. Derrick no reaccionó. Ni siquiera pudo sobar su rostro. Sus muñecas estaban ajustadas al sling con correas de cuero. Antes de que Lincoln o Derrick pudiera procesar lo que acababa de suceder, RedSaint cumplió su amenaza. Con una velocidad brutal, lo agarró por la cabeza y lo estrelló contra la pared. El impacto fue ensordecedor.

Cuando Lincoln abrió los ojos, la primera imagen que vio fue la de la mujer trans que controlaba la entrada. Ella fuertemente masajeaba sobre el golpe con sus manos callosas, evitando el crecimiento de un hematoma del tamaño de la luna. Lo ayudó a levantarse con enojo, y lo condujo hacia la salida. Al preguntar por Derrick, ella lo amenazó con llamar a la policía si volvía aparecerse por allí. Cada palabra cayendo como una sentencia final. Antes de que Lincoln pudiera decir algo más, la puerta se cerró de golpe en su rostro, dejándolo solo bajo el frío cortante de la noche. Nunca antes se había sentido tan débil, tan roto.

———

Susan Loft tenía 48 años, pero en cualquier espejo ordinario parecería tener más de 50. En el suyo, sin embargo, lograba lucir apenas de 40. Como los cuarenta eran los nuevos treinta, vestía prendas ajustadas que destacaban sus piernas largas y un escote que pronunciaba sus pechos, los cuales poseían una belleza cautivadora, que con el tiempo y las manos ávidas de hombres habían ido erosionando gradualmente su encanto, dejándolos ahora simplemente como meros activos funcionales. Cuando Susan Loft regresó a casa, su calle estaba abarrotada de policías, medios de comunicación y ambulancias en respuesta a un tiroteo masivo reciente. Si no fuera por su obsesión con ganar la lotería, ya estaría en casa; pero había esperado quince minutos por un billete que nunca le cambiaría la vida, aunque sí le había salvado de una bala perdida. Al entrar al edificio, cerró la puerta detrás de ella, dejando el bullicio afuera. Sintió una calma fugaz que desapareció en cuanto abrió la puerta de su departamento. Todo estaba patas arriba: los cojines del sofá en el suelo, las lámparas volcadas, la televisión encendida mostrando estática. Durante un segundo, pensó que la habían robado.

—¡Lincoln! —gritó mientras inspeccionaba el desastre. Encontró a Lincoln sentado en una esquina, con los codos apoyados en las rodillas y la mirada fija en la ventana. Desde allí, podía ver las luces intermitentes de los coches patrulla reflejándose en las paredes.

Susan se arrodilló frente a él, notando que su rostro parecía cubierto en una mascarilla de lágrimas secas.

—Tú no necesitas de esa gente que no sabe leer nada —dijo Susan con un tono entre molesto y protector—. Tú eres Lincoln Sorní, el gran escritor.

Era una declaración que no venía de ninguna experiencia literaria; nunca había leído un libro en su vida, y mucho menos algo escrito por Lincoln. Pero se dejó llevar por la inspiración del momento. Levantó las manos hacia el cielo como si estuviera invocando a las musas.

—Escribe, mi príncipe, tú sigue escribiendo, todo lo que salga de aquí, escríbelo y leélo al viento, mi cielo—dijo, tocándole el pecho— y no les creas...

Lincoln la interrumpió, agarrándole la mano con fuerza. Sus ojos brillaban, y no por la esperanza, sino por puro resentimiento.

—¡Quiero matarlo! —dijo entre dientes, mientras una única lágrima de rabia se deslizó por su rostro.

Susan se quedó en silencio, desconcertada, pero no sorprendida. Había visto esa mirada antes, en los espejos que la habían perseguido durante toda su vida.

—¿Matar a quién? —preguntó con cautela.

Lincoln calló.

Susan conocía el amor, aún más, el desamor. Su vida era una colección de fracasos románticos que la habían convertido en una experta en identificar corazones rotos.

—¿Es un hombre, verdad? —insistió, con una mezcla de curiosidad y certeza.

Lincoln sacó su viejo iPhone y se lo mostró. En la pantalla bloqueada y rota, la foto de Derrick brillaba como una herida abierta. Susan arqueó una ceja. Primero sorprendida, luego ligeramente divertida. Una risa corta salió de sus labios, como si el drama de Lincoln le pareciera absurdo.

—¿Es él? —preguntó, burlándose suavemente.

Lincoln no contestó. Su mirada se hundió en el suelo, su cuerpo encogiéndose con cada segundo que pasaba. Susan le devolvió el teléfono con un gesto brusco, poniéndose de pie como si ya no quisiera formar parte de aquella escena.

—¿No vas a decir nada? —gritó Lincoln, su voz llena de frustración y desesperación.

—Recoge todo este reguero —dijo ella, cortante, mientras se dirigía a su habitación.

—¡Yo quiero que sufra! —gritó Lincoln, su voz resonando con una intensidad que hizo eco en las paredes.

Susan se detuvo en seco. Se giró hacia él con los ojos encendidos de furia.

—«¡Quiero que sufra!» —repitió ella, imitando su tono con desprecio—. Los hombres como mi hermano Joe no sufren. Apenas saben que existes. Así que levántate, arregla todo este reguero y no me vuelvas a gritar. Yo no soy tu sirvienta.

Su voz tembló al final, dejando entrever un dolor más profundo. Sin decir más, se encerró en su habitación y cerró la puerta de un golpe.

Lincoln escuchó sus sollozos esa noche, pero no tuvo fuerzas para consolarla ni para consolarse a sí mismo, porque para ella, tal vez Joe era un fantasma, pero para él, Derrick era su vida entera, o al menos, eso pensó.

———

La tristeza de Lincoln había dejado de ser un río que corría subterráneo. Ahora era una ira que rugía, transformándose en algo peligroso. Sus días de golpear las almohadas culminaron, reemplazándolas por el saco de boxeo en el gimnasio. Al principio, sus golpes carecían de técnica. Poco a poco la ira comenzó a enseñarle la forma correcta de derribar a su oponente, pero nunca a su mente. Los asistentes habituales del gimnasio lo observaban con curiosidad y algo de desdén, especialmente cuando Lincoln monopolizaba el saco durante largos periodos, sudando como si quisiera purgarse de sus demonios.

Una tarde, alrededor de las 5:45 p. m., un hombre que había estado esperando pacientemente su turno decidió intervenir. Era un cristiano reformado, alguien que canalizaba su propia ira a través de rutinas disciplinadas. Se acercó con una sonrisa amigable, aunque sus ojos mostraban cierta impaciencia.

—¿Cuánto te falta, hermano? —preguntó con amabilidad.

Lincoln, con la mirada perdida y los nudillos enrojecidos, apenas lo determinó.

—¡Salte de mi vista! —gruñó, con desprecio.

El empujón que vino después no fue solo físico; fue un desafío a la paciencia divina del hombre, quien respondió con la fuerza de alguien que también tenía demonios que purgar.

—¡Ey! —gritó Lincoln, pero antes de que pudiera reaccionar, el puño del hombre conectó con su rostro, lanzándolo contra el suelo, despertando una furia ciega. Rápidamente se paró, y se lanzó contra el hombre, golpeándolo con una fuerza bestial que desconocía de sí mismo. La pelea se desató como un espectáculo. Otros asistentes al gimnasio intentaron separarlos, pero sus esfuerzos fueron inútiles. Lincoln golpeaba como si cada puñetazo fuera dirigido a Derrick y al hombre que lo poseía en aquel lugar oscuro donde nacía el pecado. Cuando finalmente los separaron, ambos estaban cubiertos de la sangre del otro y jadeaban como perros de pelea. El gerente del gimnasio, furioso, los expulsó a ambos sin ningún posible retorno.

Afuera, bajo la tenue luz de una farola, Lincoln limpió la sangre de su rostro con la manga de su chaqueta. El cristiano, con el labio partido, lo miró con desprecio antes de marcharse.

Lincoln, aún agitado, tomó el tren F hasta Harlem. Durante el trayecto, los reflejos en las ventanas del vagón parecían devolverle una versión distorsionada de sí mismo: su rostro magullado, sus ojos inyectados en sangre, su expresión perdida. No era un hombre en control, sino alguien arrastrado por una obsesión.

A la casa de Sofía llegó alrededor de las nueve de la noche, con una determinación ajena a su angosta personalidad. Tocó la puerta y el timbre repetidamente, como si cada sonido pudiera calmar la rabia que hervía por dentro.

Cuando Sofía apareció, atravesaba la calle, cargando una bolsa de supermercado, lo miró con una mezcla de sorpresa y exasperación.

—Si me dañas el timbre, me lo pagas —advirtió.

Lincoln la enfrentó con determinación.

—¿Dónde está Derrick?

Sofía frunció el ceño, claramente confundida.

—Sí sabes que su nombre es Kenny, ¿verdad?

El rostro de Lincoln se tensó. Por un momento, todo su cuerpo pareció paralizarse, como si las palabras de Sofía fueran un golpe más fuerte que cualquiera recibido en el gimnasio.

—¿Su nombre no es Derrick? —preguntó, casi en un susurro, sintiendo cómo la realidad se cogestionaba.

—Su nombre es Kenny Passeri, pero su problema es que se cree de mejor familia. Y no, él no vive aquí —dijo Sofía, mientras caminaba hacia la puerta.

Lincoln la siguió, insistiendo.

—Él está en casa de su madre —dijo, mintiendo con la seguridad que da la desesperación.

Sofía se detuvo y se giró a él con curiosidad.

—Y si sabes que está con su madre, ¿por qué no lo buscas allá?

—He perdido la dirección —improvisó, bajando la guardia.

Sofía lo estudió detenidamente, como si pudiera ver a través de su fachada rota.

—¿Te hizo la carita? —preguntó, refiriéndose a los moretones en su rostro.

—¡No! —respondió, llevándose la mano a las heridas con un gesto defensivo.

Sofía suspiró incrédula, pero cansada de la situación, señaló hacia el final de la calle.

—Su madre está en el cementerio, dos cuadras abajo. Te deseo muy buena suerte.

Lincoln permaneció inmóvil mientras las palabras de Sofía le golpearon como una ola helada, ardiéndole por primera vez los moretones que adornaban su carita. Durante un momento, sosteniendo la decepción entre sus nudillos rotos, contempló la dirección que ella había señalado.

Antes de entrar a su casa, Sofía le lanzó una última mirada. Había algo perdido en los ojos de Lincoln, que ella sabía que él nunca encontraría.

—¿Quieres que te cuente una historia? —preguntó ella, dejando las bolsas del supermercado en el suelo, y aprovechó la noche y las circunstancias para fumar un cigarro—. Su madre lo abandonó cuando él apenas cumplía los ocho años —comenzó el relato con cierto desapego.

»Para ese entonces ella ya había exorcizado los demonios del pasado que la ataban a lo que se suponía que sería un eterno lecho de tortura. Cuando nos avisaron que su madre había muerto, Kenny desapareció.

La voz de la mujer estaba cargada de un cansancio que parecía haber envejecido décadas en segundos.

—Desde esa ventana... —continuó, mirando con precisión a la ventana de la vieja casa en frente, su voz ahora más baja, casi un susurro—, observaba cómo mi mundo se venía abajo: la muerte de mi hija, y por supuesto la incertidumbre de perderlo a él también.

Lincoln giró su rostro hacia la casa, y al retomar la mirada en Sofía, encontró en ella una mirada perdida, hundida en el recuerdo de aquellos malditos días. Por un momento, no era la mujer que tenía frente a él, sino una madre atrapada en un torbellino de dolor y resignación, pero rápidamente se sacudió y volvió a ser la mujer fría que Lincoln conocía.

Después del abandono de su madre, Derrick se escondió en la vieja casa al otro lado de la calle. Sus dueños tenían una hermosa residencia de cinco habitaciones en California, y la mayor parte del año la casa de New York permanecía vacía. El pequeño encontró la forma de entrar sin romper un solo vidrio, y en la ajenidad del espacio se consoló a sí mismo. Sofía nunca le dijo a su nieto quién fue su madre en realidad, porque no quería que los errores de su hija fueran usados en su contra como abuela, pero al final de nada sirvió porque Derrick la odiaba sin importar lo que ella dijera u ocultara. En muchas noches cuando la mente se le ponía fría y la piel dura le daba gracias a Dios por haberse llevado a su hija, y le pedía fervientemente que tuviese piedad con su alma y le diera la oportunidad de reencarnar en otro cuerpo humano, pero con un cerebro diferente.

El último día de autocautiverio, Derrick se prometió escapar de su abuela y construir una vida que no se la debiera a nadie; mucho menos a ella.

—Él siempre ha estado huyendo, ¿y, de qué? —agregó Sofía — De sí mismo y sin saber por qué. Y los que intentan alcanzarlo, como tú, terminan perdiéndose también. Así que no lo busques porque no lo vas a encontrar — concluyó Sofía, arrojando la colilla del cigarrillo, y encaminándose hacia el interior de su casa, dejando atrás a Lincoln, y con suerte, también los fantasmas de aquellos malditos días.

Lincoln mantuvo la mirada fija en la ventana de la vieja casa al otro lado de la calle, imaginando a un Derrick de ocho años con aquellos cabellos dorados, y sus ojos azules, más profundos que el océano, que lo observaban desde allí, tristes, pero con una firmeza que desafiaba al tiempo.

———

Lincoln volvió a Times Square como si el disfraz de Hombre Araña pudiera protegerlo de una realidad que ya no le ofrecía nada. Esa noche, mientras el neón bañaba las calles de un brillo fantasmal, todo en él parecía una contradicción: su cuerpo presente, su mente en otro lugar, aferrada a una ilusión. El baño del McDonald's se había convertido en su espacio de tregua con Santiago. Ambos contaban las ganancias del día bajo un silencio tenso, roto solo por el sonido metálico de las monedas y el crujir de los billetes. Pero esta vez, Lincoln tenía otros planes.

—Esta noche salimos —declaró, mirando a Santiago con una firmeza que no era habitual en él.

—Ya tengo planes —respondió Santiago sin levantar la vista, su voz cargada de indiferencia.

—Cancélalos —insistió Lincoln. Algo en su tono hizo que Santiago lo mirara directamente por primera vez.

—Te dije que tengo planes —repitió, esta vez con dureza.

—Y yo te he dicho que los cancelaras —dijo Lincoln con soberbia.

Santiago lo miró. luego le torció los ojos.

—¿Vas a salir con tu novia gorda? —disparó Lincoln con frialdad.

El rostro de Santiago se endureció, sus manos se tensaron, pero respiró hondo y se contuvo. Salió del baño sin decir una palabra, dejando a Lincoln atrás, satisfecho o insatisfecho, solo con el rastro de su presencia.

Esa noche, Lincoln se vistió de negro, peinó su cabello con gomina y salió como un fantasma dispuesto a ser visto. Parecía un delincuente, peligroso. Algo en su rostro escondía ese aire vulnerable, proyectando un aura amenazante. Su mirada ya no era caída, sino fija, casi desafiante. El club nocturno Pussies&Dickys lo recibió con un estruendo de música y luces que latían al ritmo de su propio corazón. El euphorix ya comenzaba a surcar su sistema cuando llegó al club. En la pista vio a Natalia, intoxicada, colgada del brazo de Santiago como una muñeca de trapo. Sus ojos fijos en Santiago como un depredador acechando. Se acercó a ellos con una sonrisa que parecía una provocación. Natalia, perdida en su propia nube de drogas, apenas lo notó. Lincoln no tardó en hacer contacto: un roce en el brazo de Santiago, un toque fugaz en su cuello, incluso un gesto juguetón en su nariz.

—¿Qué haces? —preguntó Santiago finalmente, molesto pero sin apartarse.

—Nada —respondió Lincoln con una sonrisa descarada, sus ojos desbordando un desafío.

La incomodidad de Santiago era palpable, pero su resistencia comenzó a ceder. Bajo el efecto de las drogas, esbozó una sonrisa breve, casi imperceptible, pero suficiente para que Lincoln sintiera una pequeña victoria. Y allí, en ese momento de éxtasis apareció ella, la mujer que lo arreglaría o lo complicaría todo.

Jo Lynn Vanderbilt emergió entre las luces del club como una aparición cautivadora. Su cabello rojo flameaba bajo los destellos de la fiesta, su cuerpo esbelto se contorneaba en un vestido metálico que no se había puesto, sino untado, y su sonrisa desbordaba una sensualidad peligrosa. Un acento europeo falso completaba el aura de misterio que la rodeaba. A sus casi veinticinco años, ya tenía su vida financiera resuelta. Todo sobre ella era magnético. Y, por supuesto, ella lo sabía todo sobre el sexo.

Lincoln, quien nunca antes se había sentido físicamente atraído por una mujer, experimentó una energía extraña al verla. Tal vez fue el negro insondable de sus ojos, esa sonrisa amplia de perfecta dentadura, o los cabellos rojos como fuego. Quizás fue el efecto del euphorix, transgrediendo su percepción de la realidad. O quizá, simplemente, la oportunidad de despertar celos en Santiago. Sea lo que fuere, antes de que Jo Lynn pronunciara palabra, Lincoln se lanzó a besarla.

Santiago observaba el beso desde la distancia, con Natalia tambaleándose contra su hombro como un peso muerto. Sus ojos, normalmente desinteresados, estaban ahora fijos en Lincoln. Cada segundo de ese contacto lo perturbaba más, pero no por las razones que él mismo habría admitido. Era como si algo primordial, enterrado en su psique, comenzara a hervir con el agua fría.

Cuando Lincoln intensificó el beso, arrastrando a Jo Lynn más cerca, Santiago frunció el ceño, apretando los dientes. Natalia, a su lado, reía por nada, su voz arrastrada por el alcohol y las drogas. Santiago apenas podía sostenerla, distraído por el espectáculo frente a él.

—¿Qué estás mirando? —preguntó Natalia, con un tono irritado.

—Nada —respondió Santiago, girando su cuerpo para apartarse de la escena, pero su mirada volvía, atraída como un imán.

Jo Lynn, al notar la atención de Santiago, rompió el beso con Lincoln y lanzó una mirada directa hacia él, ladeando la cabeza con una sonrisa provocadora. Lincoln, viendo esto, también buscó los ojos de Santiago. Fue un momento de desafío silencioso, un enfrentamiento sin necesidad de palabras. Santiago sintió un calor incómodo instalándose en su pecho. Jo Lynn lo jaló del brazo, guiándolo fuera del alcance de la vista de Santiago.

Santiago se quedó inmóvil por unos segundos, viendo cómo Jo Lynn se llevaba a Lincoln lejos de él. La irritación en su rostro se transformó en algo más profundo: celos. Y esos celos lo incomodaban, porque no sabía si estaban dirigidos a Lincoln o a Jo Lynn. O quizás a ambos. O quien sabe, cada quien aprende como mentirse a sí mismo.

A pesar de su amplio recorrido con los hombres, ninguno la había besado con tal desesperación, a excepción de Paco Episcopal. Fue una intensidad que la tomó por sorpresa, haciéndola reaccionar de una manera instintiva tomando la mano de Lincoln y conduciéndolo al baño del club. Una vez dentro, lo empujó contra la pared, lo besó hasta secarle la boca y dejó que sus manos exploraran su cuerpo con una mezcla de curiosidad y posesión. Satisfecha, Jo Lynn sacó una pequeña bolsita de entre su senos, revelando un surtido de éxtasis, píldoras y cocaína. Extrajo una pastilla y la ofreció a Lincoln. Él la rechazó. Ella insistió.

—¿Vas a pedirme que sea tu novia? — preguntó de repente, seria, influenciada por el efecto de las drogas.

Lincoln no respondió. Una corriente eléctrica recorrió su cuerpo, elevando su mirada al techo. El viaje psicodélico estaba por comenzar, y en su mente no apareció Jo Lynn, sino Derrick. Miró a Jo Lynn de nuevo, sonrió y la besó como Derrick lo habría besado a él: con una desesperación voraz y mucha saliva.

Después del apasionado beso entre Lincoln y Jo Lynn, él intentó comprender el imán que lo atraía hacia ella, pero no era él, era ella: Jo Lynn, Jo Lynn, Jo Lynn. No era solo un cuerpo atractivo o una presencia avasallante; era un torbellino que acarreaba secretos y, por donde iba, arrasaba, despertando muertos. Su vida había estado marcada desde siempre por una sensualidad precoz y una tendencia a dominar a quienes la rodeaban. Desde los once años, había tomado el control de su cuerpo y de las emociones de los demás. A esa edad, Jo Lynn tuvo su primera experiencia sexual, tan precoz como perturbadora, rompiendo ella misma su himen con un pepino. A los doce, centró su atención en Paco Episcopal, el joven conductor de su familia, un hombre devoto a su esposa y su pequeño hijo. Para Jo Lynn, Paco no era un ser humano con vida propia, sino una figura en su tablero de juego.

Paco, un hombre sencillo y profundamente religioso, resistió los primeros intentos de Jo Lynn. Pero ella, consciente de su capacidad para manipular, desplegó una serie de amenazas que lo llevaron a un estado de sumisión. Lo que comenzó como acoso terminó en abuso, y el abuso se transformó en obsesión. Obligado por las circunstancias y el temor de perder su libertad, Paco cedió a los deseos de Jo Lynn, entregándose a una relación que lo llenaba de erotismo, culpa y autodestrucción. Los encuentros entre ambos se convirtieron en un ritual oscuro: ella, creciendo en poder y confianza; él, desmoronándose lentamente. La culpa lo atormentaba, y aunque intentó buscar refugio en su fe, cada domingo en la iglesia era solo un recordatorio de su fracaso. En casa, su esposa notaba su comportamiento errático: noches sin sexo, llantos a escondidas, excusas vacías y ausencias prolongadas. La obsesión de Paco por Jo Lynn alcanzó un punto crítico cuando comenzó a sentirse celoso de sus compañeros de escuela, imaginándolos tocándola o susurrándole promesas que él no podía cumplir. Para evitar perderla, Paco le confesó una noche en el motel donde siempre se veían que dejaría a su familia por ella. Jo Lynn, al escuchar aquella confesión, lo apartó de su vida con un movimiento tan frío como definitivo. Mucho o nada aprendió de aquella tragedia. Para ella, los hombres seguían siendo una posesión, piezas en su propio rompecabezas del cual ella tenía total control.

A la mañana siguiente, Lincoln, aún drogado, despertó por el timbre intermitente de una llamada imprudente. Bajo su cuerpo, el colchón era tan suave como una nube. Sin abrir los ojos, escuchó la voz de una mujer contestando, autoritaria y apresurada. Giró la cabeza, todavía somnoliento, y vio a una mujer desnuda sentada al borde de la cama, con el cabello rojo cayendo como una cascada sobre su espalda blanca. Sin embargo, lo que más le impresionó no fue ella, sino el espacio que los rodeaba.

Jo Lynn había vivido sola desde que cumplió diecisiete años. Después del divorcio de sus padres, su padre, como premio de consuelo, le dio a su exesposa, Hartford, una propiedad antigua que había adquirido como parte de un pago en un juego de póker. Ninguno de los Vanderbilt mostró interés en la vieja propiedad, que había estado abandonada durante años, pero cuando Hartford se cansó de vivir con Jo Lynn, encontró la oportunidad perfecta para remodelarla y mudarla allí antes de que ocurriera una tragedia, porque sin duda, una de ellas terminaría matando a la otra. Aunque la madre no era afectuosa con su hija, Hartford prestaba mucha atención a los detalles cuando remodelaba la vieja propiedad, que se encontraba en el cuarto piso de un antiguo edificio con una infraestructura industrial de techos altos, ventanas de piso a techo y paredes de concreto fino, situada en el corazón de SoHo.

Lincoln trató de reconstruir los eventos de cómo había llegado allí, pero su mente estaba nublada. Solo recordaba fragmentos: el calor de una multitud, el sabor de los labios dulces de Jo Lynn y las luces estroboscópicas que marcaban el ritmo de la noche.

—¡No estoy cancelando! —gritó Jo Lynn desde el clóset, revolviendo entre su ropa—. Voy en camino. ¿Qué parte de «voy en camino» no entiendes?

Lincoln hundió el rostro en la almohada, sintiendo el peso del cansancio acumulado. Cerró los ojos, pero su descanso fue bruscamente interrumpido cuando Jo Lynn le arrancó las cobijas.

—Tienes que irte ya —dijo ella sin mirarlo, mientras se ponía una blusa frente al espejo.

—¿Pero a dónde? —murmuró, todavía aturdido.

—A tu casa, a donde quieras, pero no puedes quedarte aquí.

—No voy a robar nada —replicó, irritado.

—No esperaba que dijeras lo contrario —respondió ella con frialdad, ajustándose los tacones.

Lincoln frunció el ceño, incorporándose lentamente. Su curiosidad lo dominó:

—¿A dónde tienes que ir con tanta urgencia?

Jo Lynn suspiró, molesta por las preguntas.

—Tengo una cita médica.

—¿Una cita médica un domingo? —preguntó, incrédulo.

—Sí.

—¿Qué clase de cita médica te atienden un domingo?

Ella vaciló, pero al ver que Lincoln no iba a dejarlo pasar, soltó la verdad con impaciencia:

—Voy a hacerme un aborto, ¿satisfecho? Ahora, por favor, vete.

Cuando Lincoln escuchó la palabra «aborto,» se despertó al instante, toda la fatiga acumulada de la fiesta desapareció. La única asociación que tenía con ese término era de una discusión con su madre, quien le había gritado: «¡No habrías valido nada si te hubiera abortado!» Lincoln era muy joven cuando esa discusión ocurrió. En la escuela, aún no le habían enseñado el significado de «aborto,» y su madre lo dijo sabiendo que él no lo entendería. Pero el enorme diccionario de la RAE que descansaba en la pequeña biblioteca de su padre—que en realidad no era su padre— junto con un libro encuadernado en amarillo titulado Sexo en letras color rosa, descifró el misterio para él. En el libro de sexo, encontró dibujos a lápiz del procedimiento, explicando el proceso paso a paso. Desde ese día, su vida nunca fue la misma, y sin hablar de ello, comenzó a llamar a su madre por su primer nombre.

—¿Estás embarazada? —dijo, pero salió más como una pregunta.

—¿Y a ti qué te importa?

—Si abortas, te arrepentirás toda tu vida. ¿Sabías que les cortan la cabeza a los bebés?

—Cállate y sal de mi casa o llamo a seguridad—amenazó ella.

—¿Sabías que les cortan las piernitas?—continuó él.

Harta, Jo Lynn agarró su bolso, la ropa de Lincoln y las llevó hasta la puerta. Lincoln buscó su ropa interior pero no la encontró, así que se cubrió con las sábanas blancas y la siguió.

—Podemos hablar de esto, por favor—suplicó en la puerta, manteniendo sus pies adentro mientras sus ropas habían sido arrojadas al pasillo.

—Sal, por favor —respondió ella.

—Hablemos, y prometo que me iré.

—Haz lo que quieras —se resignó ella, dejándolo en la puerta y dirigiéndose hacia el ascensor.

Lincoln, parado en el umbral como un árbol y cubierto con las sábanas blancas, se inundó de ansiedad que luchaba contra el tiempo.

—Cásate conmigo —gritó, caminando hacia ella mientras ella entraba al ascensor. Corrió y metió su pie, impidiendo que la puerta se cerrara.

—Cásate conmigo y criemos a este bebé.

—¿Criarlo? Ni siquiera tienes trabajo.

—Sí tengo trabajo—dijo él, humillado.

—¿Qué trabajo?—preguntó ella desafiante.

—¿Quién necesita un trabajo cuando tienes más dinero que Jesucristo mismo si estuviera vivo?

Ella lo miró, enojada pero pensativa. Luego lo empujó fuera del ascensor y dijo:

—¡No!

———

Esa tarde, después de que Lincoln logró convencerla de casarse, Jo Lynn prometió dejar de consumir drogas y alcohol durante el embarazo, siempre y cuando él continuara satisfaciéndola como ella requería. Esto significaba que Lincoln debía estar constantemente bajo los efectos de drogas recreativas para entumecer la mente y viagra para activar su sexo. Durante los primeros días, la química de las drogas que consumieron, los unió en una conexión peculiar, alimentada por la depresión compartida que los efectos secundarios de las drogas provocaban al abandonar su efecto primario. Sin embargo, al cuarto día, cuando las hormonas se estabilizaron y la realidad se asentó, Jo Lynn, avergonzada, le pidió que se fuera y olvidara el trato. Lincoln, ya acomodado en el lujo que lo rodeaba, insistió en quedarse, ofreciendo su apoyo incondicional, decidido a no volver a su vieja habitación en la casa de Susan.

———

Una noche, Hartford, la madre de Jo Lynn, se vio obligada a cambiar sus planes habituales. En lugar de despilfarrar su tiempo en Chanel con sus amigas, debía asistir a una cena donde, por primera vez, su hija le presentaría a su novio. Hartford había cultivado a su hija con esmero para que se casara con el heredero de alguna fortuna europea, algún príncipe con muchas tierras, o en el peor de los casos, un actor de Hollywood como Leonardo DiCaprio o Tom Hardy. Para su sorpresa, encontró frente a ella a Lincoln, un joven que, pese a su traje Ferragamo y su perfume, olía a prestado y emanaba pubertad. Definitivamente, el mal gusto de su hija no lo había heredado de ella, sino de su padre, que siempre se inclinaba por causas perdidas, excepto en el caso de ella, claro está.

Durante la cena, ni Hartford ni Jo Lynn se dignaron a dirigirle la palabra a Lincoln, porque cada vez que esas dos mujeres se encontraban era todo sobre ellas en una guerra que siempre ganaba Hartford, pero Jo Lynn siempre daba la pelea. Hartford, como siempre, retomó el tema de los estudios de Jo Lynn, preparándola para que algún día tome las riendas de las compañías de su padre. Jo Lynn prestó poca atención, evadiendo con indiferencia la responsabilidad. Lincoln, incómodo, observó la rota dinámica entre madre e hija, pero, al no tener puntos de comparación, optó por mantenerse en silencio.

Cuando el elegante mesero acercó el folder con la cuenta, Lincoln, emocionado por la novedad, lo tomó apresuradamente. Miró el exorbitante total, y levantando una ceja, sonrió primero a Jo Lynn y luego a Hartford. Sacó su nueva billetera Gucci del bolsillo de su Ferragamo, extrajo una tarjeta de crédito, la colocó en el folder y lo devolvió al centro de la mesa con seguridad teatral.

—¿Sabes que esa tarjeta la pago yo? —comentó Hartford con una sonrisa sarcástica, agarrando el folder y dejándolo al borde de la mesa para que el mesero lo recogiera.

Jo Lynn intentó contener su molestia, pero la humillación era típica de su madre.

—Bueno, tanto como la pagas tú, no. Madre nunca ha trabajado en su vida —dijo, ridiculizándola con peligrosa serenidad—. Papá siempre ha sido el del dinero. Es una pena que no haya venido, ¿cierto, madre? —preguntó, mirando directamente a Hartford, quien, por primera vez, parecía tan enojada que podría haberla abofeteado en la mesa.

En el tocador, Hartford entró furiosa, seguida por Jo Lynn.

—¿Cómo te atreves a ridiculizarme así? —preguntó, enfrentándola frente al lavabo. Sacó de su bolso Chanel un pequeño contenedor dorado y, al abrirlo, reveló un polvo blanco. Con una diminuta cuchara, cargó una dosis de cocaína e inhaló.

—No entiendo por qué te importa. Lo has ignorado toda la noche, y cuando finalmente le prestaste atención fue para humillarlo.

—Quiero que termines esta... cosa, como sea que se llame lo que tienen ustedes. Si quieres hacer una caridad, llama a UNICEF, pero no traerás campesinos a nuestra familia, menos aún los que ni siquiera saben pronunciar nuestro apellido.

—¿Y tú sabías pronunciar el apellido cuando conociste a mi padre? —preguntó Jo Lynn, con una sonrisa burlona.

—¿Qué dijiste? —preguntó Hartford, furiosa.

—Solo digo que, si papá hizo un acto de beneficencia contigo, ¿por qué no podría hacerlo yo? —contestó descaradamente.

Sin pensarlo, Hartford la abofeteó, volteándole el rostro.

—Yo no haría eso de nuevo, madre. Estoy embarazada.

Hartford se quedó helada por la inesperada confesión.

—¿Pero te has vuelto loca, Jo Lynn? ¿Cómo que estás embarazada? —preguntó, en un tono aún más elevado—. ¿Cómo es posible que no te cuides? Eres mucho más estúpida de lo que creía. Mañana buscamos un doctor y listo. Ese niño no va a ver la luz del día, Jo Lynn. Si tu padre se entera, te mata a ti, lo mata a él y me mata a mí también.

—Voy a tenerlo, madre.

—No lo tendrás —sentenció Hartford, tajante.

—Dije que lo tendré —replicó Jo Lynn con firmeza.

—¿Y por qué quieres tenerlo? —preguntó Hartford, sarcástica—. ¿Es solo para demostrarle al mundo que eres tan mala madre como yo?

Jo Lynn, sorprendida, quedó sin palabras.

—Porque déjame darte una noticia, querida —continuó Hartford, con palabras afiladas como cuchillos—. Te guste o no, eres igual o peor que yo.

—Preferiría estar muerta antes que ser como tú —espetó Jo Lynn.

Hartford sonrió, divertida aunque ofendida.

—Bueno, no eres exactamente como yo. Al menos, yo no me quedé embarazada de un homosexual.

—¿Homosexual? —replicó Jo Lynn, con incredulidad. —Él no es homosexual.

—Sí es gay. Te dejaste embarazar de un gay y ni siquiera te diste cuenta.

—Ya te dije que no es gay, y lo voy a tener. Así que mejor acostúmbrate porque, además, nos vamos a casar.

Hartford sintió un repentino dolor en el pecho. Se agarró del lavabo con una mano y presionó su pecho con la otra, luchando por recomponerse.

Jo Lynn no se inmutó.

—Yo te crie para que te casaras con un hombre.

—Yo soy el hombre, ¡madre! ¡Yo! —se acercó más, invadiendo su espacio con autoridad.

—Solo no vengas llorando cuando lo encuentres en tu cama con otro hombre —concluyó Hartford.

———

Un día de verano, Jo Lynn y Lincoln acababan de terminar de hacer el amor. La pancita de Jo Lynn ya era notoria, y Lincoln exudaba un aire de grandeza reflejado en su lenguaje corporal y en las finas joyas que llevaba puestas: una pulsera de oro Cartier y tres cadenas de oro, que nunca se quitaba por ninguna razón. Esa mirada inquisitiva y perturbadora había sido reemplazada por una sublime, constantemente mantenida con ketamina. Sentado al borde de la cama, Lincoln preparaba meticulosamente una línea de ketamina, sus movimientos casi rituales. Inhaló profundamente, sus ojos fijos en Jo Lynn mientras ella caminaba desnuda hacia el baño, su pancita abultada rebotando ligeramente con cada paso.

—Jo Lynn, ¿por qué nunca me has dicho quién es el padre de tu hijo? —La voz de Lincoln era lenta, casi como si aún estuviera flotando en los efectos de la droga.

Jo Lynn se detuvo en la puerta del baño, su lenguaje corporal era de cautela.

—Porque nunca lo has preguntado —dijo, sin volverse a mirarlo.

—¿Nunca? —Lincoln insistió, su voz teñida de confusión.

—El padre de mi hijo eres tú —respondió Jo Lynn, sus palabras eran simples, pero llevaban un peso que Lincoln no esperaba.

Los labios de Lincoln se separaron en sorpresa, una sonrisa se extendió por su rostro mientras se recostaba en la cama. Sentía una ola de alivio, mezclada con somnolencia.

—¿Qué pasaría si algún día regresara? —preguntó, sus palabras algo arrastradas por las drogas.

La voz de Jo Lynn provenía del baño, distante pero clara.

—No regresará.

—Pero, ¿y si lo hace? —insistió Lincoln, su mente no procesando completamente la conversación.

—Las personas que nunca se fueron no tienen a dónde regresar —respondió Jo Lynn con firmeza.

Lincoln frunció el ceño.

—Lo que dices no tiene sentido. —Se frotó la cara, tratando de despejar la confusión. —Voy a pedir algo de comer —murmuró, girándose para tomar su teléfono. —No sabes quién es el padre de tu hijo —murmuró de nuevo, más para sí mismo que para ella.

—Yo sé —dijo Jo Lynn, esta vez saliendo del baño, envuelta en una toalla.

—No, no lo sabes. No sabes quién es el padre biológico —corrigió Lincoln, medio abriendo los ojos mientras la miraba, estudiando su reacción.

Jo Lynn lo ignoró, concentrándose en el teléfono en su mano mientras se dirigía a la cocina.

—Si no sabes quién es el padre de tu hijo, entonces podría ser cualquiera —dijo Lincoln, sus palabras eran un desafío, destinadas a incomodarla.

Jo Lynn se detuvo en seco. Se dio la vuelta, sus ojos se estrecharon, una sonrisa condescendiente en sus labios.

—Podría ser tú —dijo en voz baja, pero con suficiente peso detrás de ella para que Lincoln sintiera el desafío en su voz

Lincoln se rio.

—No soy yo. Pero tú eres la madre, y ¿ni siquiera sabes quién es el padre?

—Sé quién es el padre de mi hijo —dijo Jo Lynn, su voz sonando más fuerte ahora.

—Entonces si no me lo dices, debe ser el Padre, porque no entiendo el misterio —murmuró Lincoln sarcásticamente.

Jo Lynn lo miró durante un momento, confundida.

—¿Mi padre? —preguntó.

—No tu padre, el sacerdote —corrigió Lincoln. —¿Es hijo de tu padre? —Estaba genuinamente curioso ahora, pero la droga lo empujaba a hacer la pregunta de manera más audaz de lo que lo haría normalmente.

—No, idiota. No es hijo de mi padre. —Jo Lynn sacudió la cabeza, un poco ofendida ya. —El padre biológico es un criminal, y no quiero que esté cerca de mi hijo, así que prefiero mantenerlo en secreto.

—¿Un criminal? —La voz de Lincoln estaba llena de incredulidad. —¿Qué clase de criminal?

Jo Lynn suspiró, exasperada.

—Lincoln, por favor, déjalo ya.

—¡No! —dijo Lincoln, de repente serio, queriendo conocer el chisme. —Ahora realmente necesito saber. ¿Está en la cárcel?

—No, no está en la cárcel —respondió Jo Lynn, pero parecía incómoda.

—¿Entonces dónde está? —demandó Lincoln, acercándose a ella, incapaz de ocultar su curiosidad.

—No sé dónde está, y él tampoco...

—¿Fue solo una aventura de una noche? —preguntó Lincoln, su tono era un poco burlón.

—¡Quizás! —respondió Jo Lynn con un encogimiento de hombros, orgullosa.

—Eres una perra —Lincoln comenzó a decir, pero su tono era juguetón.

—¿Disculpa? ¿Me estás juzgando? —replicó Jo Lynn, arqueando las cejas, pero sonriendo.

—Solo bromeo contigo, mujer. Pero en serio... ¿era al menos guapo? —Lincoln intentó redirigir la conversación.

—Sí, fue solo una aventura de una noche, y sí, él era... ¡es atractivo! Pero es basura, un criminal.

—¿Qué tipo de criminal? ¡Cuenta ya! —dijo él, sintiéndose ansioso y divertido al mismo tiempo.

—Un prostituto y un ladrón —Jo Lynn respondió, dejando que la revelación se asentara en el aire.

—No puedo creerlo. ¿El padre de mi hijo es un prostituto? —Lincoln casi se ríe ante la absurdidad de todo.

—No es su hijo. ¡Es tuyo! —aclaró Jo Lynn, con la voz afilada.

—Está bien, mami —dijo Lincoln encogiéndose de hombros, pero había una sensación de finalización en su voz.

—No quiero que mi hijo lo sepa —dijo Jo Lynn, su tono suavizándose.

—Él nunca lo sabrá —prometió Lincoln, a pesar de la neblina de la ketamina que aún lo envolvía.

—Podría haber abortado, ¿sabes? —dijo Jo Lynn de repente, con la mirada intensa fija en él.

—Gracias a Dios no lo hiciste —respondió Lincoln, su voz un poco más sincera ahora.

—Dios no tuvo nada que ver con esto. Gracias a ti. Lo salvaste tú. Este es tu hijo. No de él. No de nadie. ¡Tuyo! —La voz de Jo Lynn tembló con emoción mientras hablaba esas palabras.

—Lo prometo, él nunca lo sabrá —dijo Lincoln, su voz firme—. Muéstrame sus fotos —pidió de forma desganada, con la curiosidad ganando terreno.

—No tengo fotos de él... oh, debería haber... —dijo Jo Lynn, comenzando a buscar en su teléfono.

Lincoln observó cómo escribía «Kenny Passeri» en la barra de Google. Los resultados de búsqueda se poblaron rápidamente en la pantalla. El primer enlace era un artículo del New York Times titulado: «Kenny Passeri, el escort más caro del mundo». Jo Lynn hizo clic en él. El artículo detallaba la historia de Derrick, acompañado de una fotografía de él vestido con un traje negro, saliendo de un tribunal de Nueva York con gafas de sol oscuras y el cabello peinado hacia atrás. Al ver la fotografía, su corazón comenzó a acelerarse A medida que leía el artículo, su respiración se acortaba, su mente luchaba por mantener la calma. La historia era tan atractiva, tan atrevida, y tan adictiva que no pudo dejar de leer, aunque la realización lo golpeó como un puñetazo en el estómago. El artículo describía cómo Derrick había estado involucrado en una demanda, ganando 1.5 millones de dólares en un acuerdo con un prestigioso bufete de abogados. El dinero había provenido de un magnate de Wall Street por servicios de compañía, pero el dinero había sido entregado bajo falsas pretensiones. Lincoln apenas podía procesar la información, pero continuó leyendo, incapaz de detenerse. Su mente corría mientras leía más, pero su estómago se revolvía. Se sentía nauseabundo, así que en un movimiento desesperado, tomó su teléfono y se encerró en el baño. Jo Lynn, ajena de cualquier sospecha entre la relación de Lincoln y Derrick, permaneció en la habitación, preocupada por el aumento de consumo de ketamina de su esposo.

A Lincoln le tomó más tiempo del necesario leer el informe que detallaba cómo los cuatro abogados de Derrick habían logrado ganar la demanda. El magnate había escrito un cheque por 1.5 millones de dólares como una «donación» para un proyecto empresarial que nunca llegó a concretarse. Las redes sociales habían explotado con comentarios sobre el fraude, y la mente de Lincoln no podía encontrar sentido en ello.

Sus emociones, previamente enterradas bajo la neblina de la ketamina, comenzaron a salir a la superficie. Lloraba, incapaz de ocultar sus sentimientos, porque cuando el dolor es profundo, incluso los mejores amantes no pueden escapar de su influencia.

Cuando la noche se hizo tarde, Jo Lynn, con una mezcla de curiosidad y preocupación, se dirigió al baño donde Lincoln se había encerrado por horas. Al abrir la puerta, la suave melodía de Nothing's Gonna Hurt You Baby de Cigarettes After Sex ambientaba el tranquilo aire, acompañada por el vapor tibio que escapaba de la tina. Lincoln estaba sumergido en el agua, dormido, su cuerpo relajado pero frágil, como si buscara refugio en el calor que lo envolvía. Por un momento, Jo Lynn lo observó en silencio. Había algo casi trágico en él, una vulnerabilidad que le recordaba por qué, a pesar de sus defectos, aún lo mantenía cerca. «Dramático», pensó, mientras sonreía ligeramente. «Tenía que ser latino». Sin hacer ruido, dejó caer su toalla al suelo y se metió en la tina, el agua desplazándose suavemente a su alrededor. Lincoln abrió los ojos lentamente, como si despertara de un sueño profundo. La paz que emanaba en ese instante solo podía ser interrumpida por ella. Lincoln la miró fijamente. Sin decir una palabra, se inclinó hacia ella, apoyándose cuidadosamente en su barriga para besarle el vientre, al hijo de Derrick, que ahora era completamente suyo. Jo Lynn, sorprendida pero conmovida, deslizó los dedos por los cabellos oscuros de Lincoln, sintiendo una calidez que no reconocía como habitual en su vida. Por un instante, la idea fugaz de que tal vez este hombre, con toda su fragilidad y sus demonios, era el hombre de su vida. Con un embarazo creciente, finalmente decidió casarse con Lincoln, no solo porque lo amaba desesperadamente, sino porque él adoraba irracionalmente a su hijo por nacer, y para ella, eso era suficiente. Sin él, estaba segura de que sería tan mala madre como la suya.

El vestido de novia de Jo Lynn fue un regalo de su padre, pero el traje de Lincoln fue un obsequio de ella. Al llevarlo a la tienda del diseñador para tomar las medidas, Lincoln se ausentó un momento para ir al baño. Al regresar, encontró a Jo Lynn entreteniendo al diseñador, un hombre no solo talentoso, sino también un amigo cercano, muy cercano.

—¿Y tú por qué estás aquí? —preguntó Lincoln, desafiante, mientras caminaba hacia ellos.

Jo Lynn, que para esa fecha ya lo conocía bien, notó enseguida que había consumido ketamina. Eso explicaba por qué se había demorado tanto.

—La novia no debería ver al novio antes de la boda —dijo Lincoln, tratando de mantener el control.

—Esa regla solo aplica a las novias. No hay ningún misterio en un traje de sastre blanco y negro —respondió ella, sin percatarse del tono humillante de sus palabras hacia el diseñador, quien prefirió callar.

—Yo preferiría que te fueras —confesó Lincoln, mirándola directamente.

Ella no respondió, simplemente lo observó con curiosidad. Quería escuchar lo siguiente que él diría.

—¿Qué quiere la señora? ¿Qué ordena la señora? —continuó Lincoln, sarcástico.

Jo Lynn, aunque no se intimidaba fácilmente, se sintió molesta. Cuando se molestaba, solía esperar a que los demás se delataran, porque la ira los hacía estúpidos. Ella, en cambio, mantenía la calma.

—...todo es como ella quiere, cuando ella quiere, ¿no, amor? —se quejó Lincoln—. «Lincoln, ven aquí. Lincoln, haz esto, haz aquello. Lincoln, dame. Lincoln, Lincoln, Lincoln. ¿Así le dijiste a él para que te embarazara?»

Jo Lynn, con una furia silenciosa, agarró su cartera, le dio un beso en la mejilla al diseñador y salió, dejando a Lincoln en su altercado estado, el cual ella no tenía la paciencia de entretener.

Al llegar a la casa, Jo Lynn comenzó a arrojar las ropas de Lincoln al suelo, pero Lincoln no pareció inmutarse.

—¿Cómo te atreves a humillarme frente a la gente? —gritó ella.

—No tiene sentido lo que dices —respondió Lincoln, con la intención de hacerla sentir culpable de su irracional comportamiento.

—¿Qué es lo que no tiene sentido, Lincoln? —insistió ella, su tono cada vez más elevado.

—Tú y Derrick. Si él es gay, ¿cómo terminaste teniendo sexo con él? —preguntó, con una voz temblorosa de rabia contenida.

—Derrick, Derrick, Derrick. ¿Cuál es tu obsesión con Derrick? —Jo Lynn volteó los ojos, agotada.

—Quiero saber la verdad —exigió Lincoln.

—¿Cuál verdad? —Jo Lynn cruzó los brazos, desafiante.

—¿Cómo tuviste sexo con él si él es gay? —preguntó Lincoln, acercándose, su mirada fija en ella.

—Él no es gay, ya te lo he dicho —respondió Jo Lynn, su voz cargada de frustración.

—¡Es un prostituto, Jo Lynn! ¿Estás ciega o no sabes leer? —Lincoln dio un paso más hacia ella, reduciendo la distancia entre ambos.

—No voy a tener esta discusión contigo ahora mismo —dijo Jo Lynn, tratando de alejarse, pero Lincoln la tomó del brazo con fuerza.

—¿Te besó mientras te follaba? —Lincoln la miró fijamente, sus ojos llenos de rabia, pero era más dolor.

—¡Lincoln! —exclamó ella, alarmada por la pregunta.

—Contesta. ¿Te besó mientras te follaba? —insistió él, su voz cargada de celos.

—Sí, sí me besó —admitió ella, con una mezcla de desafío y vulnerabilidad.

—¿Te escupió en la boca? —continuó él, su voz convirtiéndose en un susurro cargado de veneno.

—¡No! Lincoln, para ya —rogó ella, su voz quebrándose.

—Entonces no le gustaste, espero que lo sepas —dijo Lincoln con un tono cruel, intentando herirla.

—No esperaba gustarle a él. Espero gustarte a ti —dijo ella, tratando de reivindicar algo de romanticismo—. ¿Te gusto? —preguntó ella, su voz llena de una súplica desesperada.

—¡No! No en este momento —contestó él, su voz fría y distante.

—¡Estás enfermo! Tienes celos de un fantasma, no existe, solo existe en tu absurda imaginación —dijo ella, su voz llena de desesperación.

—¿Dónde te lo follaste? —preguntó él, su voz ahora un susurro enfermizo.

—Ya para, Lincoln —suplicó ella, su voz quebrándose.

—¿Te lo follaste aquí o te lo follaste en un baño público? —demandó él, acercándose más, su voz llena de una furia contenida.

—Me lo follé aquí —admitió ella, humillada pero orgullosa, siguiéndole el juego.

—¿Dónde? —presionó él, su mirada fija en ella, exigiendo una respuesta.

—Suficiente —dijo ella, tratando de mantener algo de control.

—Responde la maldita pregunta, ¿te lo follaste en esta cama? —señaló la cama, su voz llena de rabia.

—Sí, me lo follé en la cama todas las veces que quise, hasta que me cansé y lo eché a la calle.

¿Qué más quieres saber? —dijo ella, su voz ahora desafiante y satisfecha.

—¿Es mejor que yo? —preguntó él, su voz temblando de rabia.

—Mucho mejor que tú —replicó ella, con una frialdad calculada.

Rabioso, Lincoln la agarró por la garganta y ejerció presión.

—Pero tú no eres mejor que yo —dijo, su voz un susurro venenoso.

—¿Qué? —preguntó ella, confundida.

—¿Dónde lo conociste? —la acorraló, su voz fría y calculadora.

—En el antro donde te conocí a ti —respondió ella, desafiante.

—Lo drogaste —acusó él, su voz llena de desprecio.

—No hubo necesidad, él ya estaba drogado —dijo ella, su voz firme.

—¡No! ¡Tú lo drogaste! Luego lo arrastraste hasta aquí —replicó él, su voz llena de furia.

—...y me sacié de él, así como me sacié de ti —dijo ella, su voz llena de desafío.

—¡Eres una puta!—dijo él, apretándole fuerte la barbilla. Luego la arrojó a la cama, la despojó salvajemente de sus ropas y abusó de ella. Aunque ella resistió al principio, al final se dejó. Pero cuando quiso detenerlo, lo hizo con la misma fiereza que la caracterizaba, se levantó de la cama y caminó hacia el baño.

—¡No he terminado! —gritó él, insatisfecho.

Jo Lynn se encerró en el baño, tirando la puerta con fuerza. Confundida, se sentó en el inodoro determinando si debía sentirse violada o no. Irritado, Lincoln notó que la ketamina se había acabado. Así que, con la frustración creciendo en la punta de sus dedos, comenzó a buscar en su billetera, pero solo una bolsita vacía encontró. Desesperado revolcó los bolsillos de sus chaquetas, pantalones e incluso los interiores de sus zapatos. Tras desordenarlo todo, recordó la gaveta inferior de su mesita de noche. Buscó la llave del seguro, pero al no encontrarla, rompió el cerrojo con furia, revelando en su interior una colección de aproximadamente veinte diarios. Uno por uno, los hojeó frenéticamente hasta que una bolsita de ketamina cayó. Con la urgencia de una ambulancia, inhaló profundamente el polvo, dejándose arrastrar por un momentáneo estado de intoxicación. En ese trance, tomó uno de los diarios y comenzó a escribir con una velocidad vertiginosa, las palabras brotando como si su cerebro se hubiese desprendido del tiempo y del espacio. Exhausto, se tumbó sobre la cama, comenzando una interacción íntima con las cobijas, en las cuales Derrick una vez se había extendido y había depositado su esperma. En la euforia y la alucinación de aquel momento, sintió quedar embarazado del fantasma del hombre por el que, sin preguntas, daría la vida.

Lincoln se casó de negro, no solo porque era el novio, sino porque aquel día gris llevaba el luto por dentro. Jo Lynn se casó de blanco, no solo porque era la novia, sino porque aquel día gris fue el más feliz de su vida.

El vestido de novia era una costosa obra de arte. Un capricho financiado por su padre más por orgullo que por generosidad. Para él, el matrimonio de Jo Lynn no era más que otra transacción cuidadosamente calculada. Sin que ella lo supiera, incluyó un acuerdo prenupcial entre los documentos de entrega del vestido, confiando en que la emoción del momento la cegaría ante la letra pequeña. A simple vista, aquel vestido la hacía sentir majestuosa, casi regia, pero en el fondo, era también un recordatorio de la poca fe que su padre le tenía. Cada diamante incrustado en el corpiño brillaba con la amarga ironía de una felicidad que posiblemente nunca alcanzaría, mientras que bajo la voluminosa falda se escondía un secreto que, por pura obstinación, podría no destruirla. Lincoln y Jo Lynn se casaron en una fría tarde de domingo en la iglesia San Nicholas de Tolentine en Atlantic City. En medio de la ceremonia, ambos parecían encarnar un contraste imposible de ignorar: él, un hombre atormentado, lleno de sombras; ella, una mujer radiante, determinada a encontrar en ese día su momento de triunfo. Sin embargo, cuando sus miradas se cruzaron en el altar, compartieron un amor extraño y silencioso, uno que ninguno de los dos sabía cómo explicar.

Lincoln había consumido tanta ketamina y GBL que ya no se pertenecía, y si sonreía era solo por inercia. Jo Lynn, desesperada por mantenerlo consciente y lejos de la lengua de los asistentes, lo obligaba a consumir cocaína para que no se quedara dormido. Pero su esfuerzo no la libraba del hastío y la molestia que sentía. Además de cuidar de Lincoln, ya no soportaba su abombada barriga, era como si estuviera cargando un bulto de piedras a punto de desplomarse entre sus piernas. A su propia recepción no pudieron asistir. En el altar, justo antes de pronunciar el «sí», las rodillas de Lincoln fallaron, desplomándose al suelo. Jo Lynn lo había anticipado, notando que el consumo de drogas había sido incontrolable, pero eligió no intervenir para no arruinarse su día especial.

Cuando la camioneta se alejó del lugar, dejando a los invitados con mil escenarios en mente, ninguno sospechó que fue la mezcla de ketamina y GBL lo que causó semejante desgracia. Con frialdad calculada, Jo Lynn ordenó al conductor que los llevara al hotel en lugar de al hospital. En la habitación del hotel, Lincoln durmió profundamente por horas, mientras Jo Lynn permanecía sentada a su lado, inmóvil. Su mirada perdida en pensamientos que comenzaban y terminaban con su madre. Una mezcla de frustración y tristeza se sentaba con ella en la penumbra del silencio. Finalmente, cuando Lincoln despertó, esbozó una sonrisa débil desde la almohada, el rostro aún pálido.

—¿Estás enojada? —preguntó él, con un tono de culpa.

—¿Cómo te sientes? —respondió ella, su voz cálida pero distante.

—Te tengo una sorpresa —dijo Lincoln, intentando inyectar entusiasmo en la conversación.

—¿Otra? —respondió ella, con un tono que mezclaba incredulidad y agotamiento—. No podemos seguir así, Lincoln. Necesitamos ayuda.

—En cuanto nazca nuestro hijo, todo estará bien —dijo él, como si creyera realmente sus propias palabras—. No voy a tener tiempo para tonterías, ¿sabes? Los hijos consumen mucho tiempo.

Jo Lynn asintió lentamente, obligándose a creerle.

—Te lo prometo, ¿sí? —dijo Lincoln, mirándola como un niño en busca de absolución.

—¿Tú me amas? —preguntó ella, avergonzada, como si ya supiera la respuesta.

—No más que a nuestro hijo, pero más que a mi propia vida, ¡eso sí! —respondió él, con una sonrisa que intentaba transmitir seguridad. Entonces, se sentó y la besó apasionadamente, haciendo que las lágrimas de Jo Lynn comenzaran a correr por su rostro.

Lincoln, como si respondiera a un reflejo del pasado, le limpió las lágrimas con la lengua, del mismo modo en que Derrick lo había hecho con él en alguna ocasión.

—¡Lincoln! —exclamó Jo Lynn, asqueada y confundida, empujándolo ligeramente.

Pero él continuó, lamiendo su rostro para hacerla reír e incomodarla. Justo entonces, al teléfono de Lincoln, una llamada entró.

—La sorpresa está aquí —dijo él con entusiasmo, tras revisar su celular y reconocer de inmediato quién llamaba.

Jo Lynn, con una mezcla de curiosidad y cansancio, sonrió a regañadientes, pero torció los ojos cuando él ya no la miraba. Ella solo quería descansar; ya se le habían quitado las ganas de celebrar.

—Métete en el baño y sales cuando te diga, ¿ok? —pidió él, con una seriedad infantil, que a Jo Lynn le arrancó un suspiró profundo. Resignada, se dirigió al baño. Mientras cerraba la puerta, no pudo evitar preguntarse qué más podía traerle la noche. Frente al espejo, se quedó observando su reflejo, buscando a la mujer esbelta que alguna vez fue. Su mano sobó su vientre, pero luego comenzó a darle golpes, como si al hacerlo pudiera liberar alguna parte de la mujer que aún permanecía cautiva en ella. El eco de los golpes resonó en el baño, haciéndola detenerse. Su respiración era entrecortada, como si el esfuerzo hubiera drenado lo poco que le quedaba de energía. «Basta», se dijo en silencio, apretando los ojos cerrados. Agarró su teléfono como si fuera un ancla, obligándose a retomar el control. Marcó el número de su padre, evitando mirar su reflejo en el espejo. No quería ver su rabia ni lo que podía hacer con ella.

—¡Papá! —exclamó, su voz vibrante con una emoción contenida.

—Lo siento por no haberte llamado antes — respondió él, su tono distante pero cálido.

Ella quiso despojar su frustración sobre él, pero al final lo único que salió fue une mentira disfrazada de ternura.

—Está bien, papá.

—Espero que estés feliz, porque ese vestido me costó una fortuna —dijo su padre, con esa voz despreocupada que siempre la hacía sentir como un inconveniente.

Jo Lynn contuvo las lágrimas, intentando no dejar que el desprecio de su padre la afectara. «Tonto, como siempre», pensó, pero su corazón se encogía porque sabía que siempre lo había esperado, incluso cuando ya no había razones para hacerlo.

—¡Mujeres! Si no te hubiera comprado ese vestido, me estarías bombardeando como tu madre, diciendo que soy un tacaño.

La conversación se interrumpió por un toque en la puerta, seguido de la voz preocupada de Lincoln mezclada con el repentino ascenso de pulsantes beats de música electrónica.

—Mi amor, ¿todo está bien? —preguntó.

—¿Es él? —interrumpió su padre, con un tono acusador—. ¿Qué edad tiene? ¿Catorce?

—Papá, adiós —dijo abruptamente antes de colgar—. Sí, amor, solo necesito un minuto —respondió, apenas audible sobre la música que penetraba entre las orillas del marco.

—Tómate tu tiempo. Te amo —dijo Lincoln con un entusiasmo que resonó extrañamente en el pequeño espacio del baño.

Jo Lynn se acercó a la puerta, y entre las orillas del marco, susurró una respuesta que sabía que él no podría escuchar:

—Yo también te amo.

Titubeante, marcó el número de su madre, siendo dirigida directamente al buzón de voz.

—¿Mamá? —comenzó, su voz temblorosa y cargada de una esperanza menguante—. Hola, mamá... hoy me casé. Bueno, ya lo sabes. Pensé que vendrías. Te esperé...—las lágrimas brotaron rápidamente, reflejando un dolor profundo—. No llamaba para quejarme, sino... ya soy una mujer casada. Sé que no crees que él me ama, pero sí me ama. Me lo demuestra todos los días. Es un buen hombre, no como papá, no como él.

Se detuvo, alejando el teléfono de su boca mientras luchaba por controlar sus emociones. Cada palabra era como un torrente de traumas acumulados.

—Tenías que ver el vestido de novia, mamá. Es tan hermoso que hasta una gorda se vería regia. Podría vivir en él para siempre —miró su reflejo en el espejo y, con una sonrisa rota, continuó—. Lo siento, he estado llorando mucho últimamente. De felicidad, por supuesto. Aunque es vergonzoso igual. Estoy tan feliz... desearía que hubieras venido, al menos para las fotos. Desearía que pudiéramos tener esos recuerdos juntas.

Se forzó en recomponerse, pero su reflejo en el espejo la hizo sentirse hipócrita.

—¿Qué estabas haciendo, eh? ¿Qué era más importante hoy que venir a mi boda? —Su voz se quebró mientras recordaba las noches en que de niña se había dormido esperando un beso de buenas noches que nunca llegó.

—Te odio, Hartford. —Las palabras salieron como un veneno que había guardado durante años. Pero mientras las decía, se dio cuenta de que no solo odiaba a su madre; odiaba aún más la versión de sí misma que seguía rogando por su amor. Entre sollozos incontrolables, golpeó su teléfono repetidamente contra el lavabo de mármol hasta que quedó inservible. Cuando no quedó nada más que hacer, colapsó en el suelo, envuelta en un dolor tan antiguo como su vida misma.

Afuera del baño, y desde la ventana se veía como la noche caía al otro lado del océano, iluminando la habitación y proyectando un tapiz de sombras mientras las luces de neón y la música de circuito pintaban el interior de la suite con tonos vibrantes. La mesita de noche contaba una historia de excesos: residuos de ketamina, una botella ámbar de GBL, lubricante, poppers... yacían esparcidos, testigos de la indulgencia caótica que dominaba el espacio. Dante, un hombre con el atractivo rebelde de James Dean, poseía a Lincoln por detrás sin reservas. Lincoln, con los ojos cerrados pero visiblemente sumido en los efectos del éxtasis, respondía con satisfacción al placer sexual que le otorgaban. Dante, cuya belleza aumentaba con la seriedad de su rostro, se transformaba en algo casi infantil bajo los efectos de las drogas. De repente, Jo Lynn apareció en la puerta del baño como un espectro, su vestido de novia largo y su maquillaje corrido por el llanto. Dante fue el primero en notarla.

—¡Hey! —dijo, vacilante.

—No pares —imploró Lincoln, sin notar la presencia de Jo Lynn.

—¡Lincoln! —gritó ella, furiosa.

Lincoln reaccionó de inmediato, poniéndose de pie frente a su esposa con torpeza, su intoxicación evidente en sus movimientos erráticos.

—¿Está todo bien, baby? —preguntó, intentando sonar preocupado mientras le tomaba el rostro con las manos temblorosas.

Jo Lynn lo miró con desprecio, evaluando su estado crítico de intoxicación.

—La sorpresa que te dije —dijo él, con una sonrisa torcida—. Derrick está aquí.

—¿Derrick? —repitió Jo Lynn, incrédula y ofendida.

—No Derrick... ¿Cuál es tu nombre? —preguntó Lincoln a Dante.

—Dante —respondió con cautela.

—¡Dante, Dante, pene grande, está aquí para hacerte feliz! —exclamó Lincoln, orgulloso de su lógica torcida.

—¡Eres un maricón! —acusó Jo Lynn, herida y furiosa.

Ofendido, Lincoln despertó de inmediato.

—¡No! ¿De qué hablas? —balbuceó, asustado—. Yo no soy ningún maricón. Esto es para ti, amor. ¡Derrick, ven aquí!

—¡Se llama Dante, no Derrick!

—¡Ya deja de confundirme! —replicó Lincoln, desesperado—. Dije Derrick... ¡No, Dante!

Dante se acercó lentamente con la intención de serenarla con sus encantos físicos que nunca fallaban.

—Dante, haz feliz a mi esposa. Lo que ella quiera —ordenó Lincoln, mirando fijamente a Jo Lynn con una expresión perdida pero decidida.

—No te atrevas a tocarme —advirtió ella al ver sus manos acercarse. Luego, observó a Lincoln con desprecio, estudiando lo manipulador y retorcido que era—. Nunca me amaste —dijo finalmente, su voz cargada de dolor.

—Yo te amo con toda mi vida —respondió él, desesperado.

—Cállate. Simplemente cállate; lo sé todo. Sé que él te usó, luego te dejó, y ahora lo único que te queda son tus estúpidos poemas de amor —ella gritó en su cara.

Lincoln nunca había estado más despierto que en ese momento, atónito y expuesto.

—Hombres como él no se enamoran de hombres como tú, Lincoln. Así que, aunque nacieras de nuevo, él no te notaría, y si no me crees, solo mírate en un espejo.

—Él sí me amó —confesó Lincoln, su voz firme—. Solo que nunca lo supo porque yo no se lo dije.

La confesión cayó como un golpe seco, llenando la habitación con un silencio cargado de tensión. Jo Lynn retrocedió un paso, sus labios temblando mientras su mente procesaba las palabras crueles de Lincoln. Sus ojos se llenaron de más lágrimas, pero su voz salió fría y desafiante:

—Yo sí te amé, Lincoln... —dijo con un tono que combinaba dolor.

—Pero yo no —respondió él desafiante, exponiendo la verdad que el efecto de las drogas le habían arrancado de lo más profundo de la red de mentiras que había creado como sistema de autopreservación.

Rabiosa, Jo Lynn agarró el teléfono de cable sobre la mesa y lo estrelló contra la cabeza de Lincoln. Un solo impacto fue suficiente para dejarlo inconsciente por un par de segundos. Dante, con las manos en la boca, quedó paralizado por el shock. Con el teléfono aún en sus manos, Jo Lynn salió de la habitación, sintiéndose traicionada y vacía, como si su alma a última hora hubiera decidido abandonarla y exterminarla. Al recuperar la conciencia, gracias a Dante, quien lo sacudía como abanico de paja, Lincoln se puso de pie. Sintiendo la sangre correrle por la frente, se encaminó con prisa a seguir a su esposa.

—Lincoln, ¿podrías pagarme? —preguntó Dante, preocupado, al no saber qué hacer frente al drama.

—Ahora no —respondió Lincoln mientras rápidamente se vestía.

—¡Necesito mi dinero ya! —insistió Dante.

Ignorándolo, salió apresuradamente de la habitación. Al final del pasillo, frente al elevador, encontró tirado el teléfono de mesa que Jo Lynn le había estampado la frente. Entró al elevador y bajó al lobby. Allí todo parecía transcurrir con normalidad. Solo un niño, aterrado, de unos ocho años, con un helado derritiéndose en su mano, observaba en silencio. Cuando Lincoln cruzó la mirada con el infante, él señaló hacia la puerta. Lincoln se dirigió hacia ella, y salió, enfrentándose a una noche oscura, que anunciaba una tormenta. Gritó el nombre de Jo Lynn, pero la única respuesta que obtuvo fue el rugido del mar, cuyo bramido lo arrancó del letargo causado por la sobredosis y el telefonazo en la cabeza. Con cada paso, el viento cortaba su rostro, susurrándole verdades que no quería escuchar. Allí, a solas con el furor de las olas y la indiferencia del cielo, se adentró en el agua, buscando aquello que, con sospecha, sabía que había perdido para siempre.

DOWN UNDERGROUND

«Estoy tan feliz porque hoy encontré a mis amigos... están en mi cabeza.» Kurt Cobain

ANTES DE QUE MURIERA LA NOCHE, Lincoln, más salado que el mar y oliendo a pescado, con los pies descalzos y mojados, llenos de arena, se encontró esperando solo en el pasillo de un hospital, con la mirada fija y la culpa sentada sobre la cabeza ensangrentada, pero vendada. Cuando el reloj marcó las 10:10 p.m., la idea de un pase de ketamina cruzó por su mente como medida desesperada a su interna ansiedad. Sabía que no encontraría nada que el mar no se hubiera llevado, pero igual revisó los bolsillos húmedos de sus pantalones con la esperanza irracional de un milagro. Pero lo único que lo acompañaba eran los restos del mar: residuos de arena. A las 10:12 p.m., la necesidad de ketamina había tomado el control.

Sus manos temblaban mientras su mente, atrapada en una obsesión implacable, buscaba desesperadamente ese escape tan familiar como necesario. No era un simple deseo; era un hambre visceral que lo desgarraba por dentro, exigiendo ser saciada. Podía casi sentir el sabor amargo de la sustancia en la punta de la lengua, imaginando ser arrancado a fuerzas de su propia realidad, borrando los bordes filosos de su tormento, proyectando imágenes fugaces de alivio, mientras el peso en su pecho se evaporaba, ralentizando los latidos de su corazón y vaciándole el estómago. Sin embargo, ese vacío nunca duraba; era un espejismo, y él lo sabía.

Cuando cerró los ojos, un fragmento de memoria emergió: Derrick sonriéndole, sus ojos grandes y azules reflejando la promesa de un futuro, algo que ahora sentía imposible de alcanzar. Esa imagen, aunque cálida, le perforaba el alma. El anhelo de olvidar a Derrick, o de recordarlo sin dolor, lo arrastraba aún más profundamente en la misma tumba que había cavado y desconocía como salir. Cada fibra de su ser clamaba por la sustancia. Sus manos temblaban como si buscaran algo que no estaba allí, y el sudor frío en su frente le recordaba que el reloj seguía avanzando. Si no lo encontraba pronto, la misma necesidad lo devoraría, dejándolo a la deriva. Cuando marcaron las 10:15 p.m., Lincoln observó la silueta del doctor acercándose con un recién nacido en brazos.

—¡No! —gritó, llorando, mientras extendía sus brazos y se arrodillaba en rechazo hacia el bebé.

El doctor se acercó.

—Lincoln, mira a tu hijo.

—¡No! Llévenselo lejos de aquí, por favor —rogó.

—¿Llevarlo a dónde, Lincoln?

—Lléveselo de aquí, por favor, él no es mi hijo —gritó, desesperado, con las rodillas y los codos sobre el suelo, y la cara enterrada en sus manos.

—Lincoln calla, él te escucha.

El doctor se arrodilló para que tuviera una mejor vista de su hijo, pero Lincoln no levantó la cabeza del suelo, ni siquiera cuando el bebé comenzó a emitir sonidos.

—Tu padre te quiere mucho, solo espera cuando te vea esos ojos tan grandes y tan azules —dijo, acariciando al bebé —¿de dónde sacaste esos ojos tan grandes y tan azules?

—¿Azules? —preguntó Lincoln, curioso, recordando los ojos grandes y azules de Derrick. Temeroso, levantó la mirada, y observó a su hijo por primera vez. Aunque no fuera hecho de ketamina, le llenó todos los vacíos, haciéndole olvidar por completo de su necesidad inminente por el polvo blanco. El doctor lo puso en sus brazos. Lincoln imaginó a Derrick a su lado orgulloso y feliz de ver que aquellos ojos azules que su hijo había heredado de él. En el calor de su imaginación, Lincoln protegió a su hijo de todo peligro.

——

En la funeraria, el cuerpo de Jo Lynn yacía en una urna de cristal, tal como se lo había pedido a su padre a los nueve años, tras descubrir la fascinante urna de Blancanieves. Mientras tanto, Lincoln, con la cabeza vendada por los golpes que Jo Lynn le había propiciado con el teléfono de cable, estaba sentado en un área trasera y abandonada, reservada solo para empleados. El bebé recién nacido dormía sobre los brazos de su padre, pero su cuello frágil parecía a merced de un mínimo descuido. A su lado, Santiago, ensimismado en su celular jugando videojuegos. El eco de los tacones de Chanel de Hartford resonó por el pasillo anunciando su llegada. Al entrar, su figura elegante y oscura eclipsó el pasillo. Su sombrero adornado con un velo negro le daba una presencia casi teatral. Su intención era evitar que la gente criticara su apariencia si su look resultaba demasiado fresco, ya que, siendo la madre de la fallecida, la gente absurdamente encuentra placentero que luzca como un adefesio.

—La madre se ahoga, y el hijo acaba con el cuello roto — comentó con fría desaprobación, mirando al bebé en los brazos de Lincoln. Sin esperar una respuesta, sacó un billete de 100 dólares y lo extendió hacia Santiago—. Anda, tráenos un café.

—El café aquí es gratis —respondió Santiago.

—Toma el dinero, déjanos solos y no traigas nada —ordenó Lincoln.

Santiago, desconcertado, obedeció. Cuando se marchó, Hartford se sentó al lado de Lincoln, sus ojos afilados se posaron en su nieto.

—¿Qué nombre le vas a poner? —preguntó con una curiosidad falsa.

—Kenny.

—Kenneth —corrigió ella con severidad—. Kenny no es un nombre, es un diminutivo. Si lo llamas Kenny, le vas a generar problemas de percepción para toda su vida.

Lincoln la miró con cansancio.

—¿Qué quieres, Hartford? —preguntó con un tono seco, consciente de que ella no estaba allí solo para criticar.

Con un movimiento ensayado, Hartford sacó una pequeña cajita dorada de su bolso Chanel y la abrió. Al ver el polvo blanco en su interior, los ojos de Lincoln brillaron con un deseo instintivo. Hartford, con una leve sonrisa, se la ofreció, pero él luchando contra su deseo, la rechazó.

—No seas ridículo, Lincoln. Lo has hecho por razones menos nobles.

Aparentemente, Lincoln fingió dudar, pero por dentro ya había inhalado cada partícula. Hartford no era una mala mujer, pero en los estudios que había hecho de sí misma, había descubierto un extraño placer al ver la caída de los demás; cuanto más profunda más afortunada se sentía en su propio ascenso. Ver a Lincoln consumir la cocaína por primera vez le dio una sutil satisfacción, que prefirió mantener sutil, sabiendo que ningún enemigo es pequeño.

—¿Y tú? —preguntó, molesto, viéndola guardar la caja en su bolso Chanel.

—¿Qué tipo de madre sería? —respondió ella de forma retórica, con la firme intención de hacerlo sentir tan inútil como un dedo meñique.

Lincoln se sintió como lo que más temía—un adicto—y aunque quería decir algo, encontró que el silencio era la mejor manera de no revelar su verdad.

—Debe ser muy difícil creer que tienes todo un día, y al siguiente darte cuenta de que nunca tuviste nada —dijo con satisfacción fría, disfrutando del efecto de sus palabras.

—Soy muy afortunado —respondió él con una sonrisa irónica, sabiendo que sus palabras la irritarían.

—¿Afortunado? —asintió, confundiendo a Hartford. Ella esperó a que continuara, pero él permaneció en silencio solo para molestarla—. ¿Qué te hace afortunado? —preguntó finalmente.

—Todo —dijo, estudiándola —Familia — agregó, disfrutando de la confusión en su rostro.

—Jo Lynn mencionó que eras huérfano — observó ella fríamente, su mirada evaluándolo como si fuera mercancía.

—Ya no —dijo él, mirándola a los ojos—. Ahora te tengo a ti —agregó, observando cómo ella fingía una sonrisa mientras se retraía internamente.

Hartford habría preferido ser quemada viva antes que aceptar a un charro como parte de su familia, pero de su exmarido aprendió que lo más importante en cualquier negocio es el talento para contar historias.

—Claro, somos una familia que a pesar de las circunstancias se mantiene unida, y queremos lo mejor para ti y para tu hijo —comenzó —mi exmarido y yo hemos discutido tu situación y creemos que, siendo tan joven, deberías regresar a la universidad, estudiar y prepararte. Incluso podrías trabajar en una de nuestras empresas.

Este fue un movimiento de Hartford que Lincoln no había anticipado. Aunque contradecía la versión explícita de Jo Lynn sobre su madre, rápidamente se dejó llevar por vívidas imágenes de sí mismo yendo a la universidad sin haber terminado la escuela.

—Tenemos un apartamento en Los Ángeles. Podrías vivir allí, y te proporcionaremos un coche para que te movilices.

—Nunca he estado en Los Ángeles —dijo preocupado.

—Los Ángeles es una gran ciudad. Toda tu gente está allá —dijo con un tono casual que sonó racista.

—Mi gente está aquí —respondió él, ofendido —Y sinceramente, preferiría criar a mi hijo aquí en Nueva York.

—Vamos a dar a tu hijo en adopción.

—¿Perdón? —fingió no haberla oído claramente.

—Lincoln, debe ser ilegal que tú críes a un infante —dijo con sarcasmo—. ¿Cuántos años tienes?

—Si pude hacerlo, puedo criarlo.

—Eso es debatible. Has tenido suerte hasta ahora, pero Jo Lynn ya está muerta, y nosotros no tenemos responsabilidad por ti ni por tu hijo.

—Mi hijo tiene derechos.

—Tu hijo tendrá los derechos que sus padres puedan ofrecer. Y por lo que sé, tú no tienes nada, y Jo Lynn por no haber trabajado ni un día en su corta vida, no creo que te haya dejado nada, solo deudas. Pero no te preocupes por eso, yo puedo hacerme cargo de ellas, a menos que insistas.

—Jo Lynn no habría querido que adoptaras a su hijo.

—Jo Lynn no quería a ese niño. Si lo tuvo, fue por ti. Lo que aún no entiendo es por qué, en estas nuevas circunstancias todavía lo quieres, cuando, a tu edad y con las oportunidades que podemos brindarte podrías tener una vida mucho mejor sin él —dijo con frialdad e incertidumbre.

—Porque es mi hijo.

—Y esta es tu vida, así que solo tú puedes decidir cómo vivirla —agregó con una mezcla de impaciencia y desdén—. Pero si no tomas nuestra oferta, no cuentes con nosotros.

Se levantó y, en la mano libre de Lincoln, colocó misteriosamente la caja dorada de cocaína. Lincoln, sintiendo la forma de la caja, la reconoció al instante. Cuando la miró, atónito, encontró en Hartford un cómplice, quien le guiñó el ojo. Luego, con la punta de los dedos, hizo como si tocara la pequeña nariz de Kenny en un gesto que imitaba una ola suave, y se fue. Lincoln rápidamente guardó la pequeña caja dorada de cocaína en sus bolsillos.

Desde la muerte de Jo Lynn, Santiago había asumido el cuidado de Kenny, mientras Lincoln se disolvía poco a poco en un caos que lo devoraba, pero que él argumentaba necesitar. Aunque a veces aparentaba interés en ser un buen padre, su rutina de dormir durante el día y encerrarse en el baño por las noches para consumir metanfetamina lo alejaba cada vez más de esa posibilidad. Santiago, consciente de su dolor, evitaba confrontarlo, pero la agresividad y desdén de Lincoln comenzaban a desgastar su paciencia. Una noche, pasada la medianoche, la dinámica cambió. Lincoln salió tambaleante del baño, desnudo y sudoroso, intentando no hacer ruido. Se deslizó bajo las sábanas, colocándose detrás de Santiago, quien finalmente había logrado conciliar el sueño después de varias noches de insomnio tratando de dormir a Kenny. Al sentir el temblor de Lincoln y su respiración agitada en la nuca, Santiago se despertó de golpe.

—¿Lincoln? —preguntó molesto, girándose para enfrentarlo.

Era evidente que Lincoln estaba en un estado de euforia. Sus ojos brillaban con una mezcla de lujuria. Santiago, horrorizado, saltó de la cama. Lincoln, ajeno a la gravedad de la situación, se expandió sobre el colchón, mordiéndose los labios y disfrutando del efecto de las drogas que había consumido.

—¿Qué estás haciendo? —preguntó Santiago, entre confusión y asco.

—¿Qué parece que estoy haciendo? —respondió Lincoln, saboreándose los labios, su voz cargada de una absurda sensación de libertad.

Rápidamente, Santiago cubrió el cuerpo desnudo de Lincoln con las sábanas, como si eso pudiera borrar la imagen perturbadora frente a él.

—¡Hora de dormir!

—Al diablo con dormir —contestó Lincoln como si tuviera un espíritu maldito por dentro, apartando las sábanas de un tirón—. Ven aquí —le exigió, estirando una mano hacia él.

—Lincoln, ya basta —replicó Santiago, cubriéndolo nuevamente—. Si pudieras verte, verías lo patético que te ves.

—No quiero dormir, y no quiero ver lo patético que me veo—insistió Lincoln, agarrándolo del brazo con fuerza y jalándolo hacia él.

Santiago lo empujó con firmeza, lanzándolo de vuelta sobre la cama.

—¡Estás enfermo! ¡Necesitas a Jesucristo! —gritó él.

—Yo necesito un hombre... eso es lo que necesito. ¿Y tú qué es lo que eres? —gritó Lincoln.—¿No estás aquí para ayudarme?

Santiago, enfurecido, sospechando de dónde provenía esa actitud desglosada, se dirigió al baño. Lo que encontró allí lo llenó de indignación: el suelo húmedo, toallas tiradas, y el mesón abarrotado de productos de aseo personal mezclados con restos de drogas. Santiago agarró una mechera como prueba del desastre y comenzó a buscar más evidencia. Al abrir el gabinete de la parte inferior del lavabo, encontró la pipeta de cristal, aún cargada con los cristales de metanfetamina. Sin pensarlo, la estrelló contra la pared. Lincoln, atónito, voló fuera de la cama y se arrodilló frente a los fragmentos rotos, como si fueran un hijo al que acababan de asesinar.

—¡Sal de mi casa! —gritó, herido, como si alguien hubiera roto los huesos de su hijo.

Santiago no respondió, ni se agachó a recoger los pedazos rotos. Cuando Lincoln se giró hacia la puerta, vio que Santiago ya se había ido. Se levantó y corrió hacia la sala, donde encontró a Santiago vistiéndose.

—Lo siento, lo siento, por favor no te vayas, no me dejes aquí solo, por favor —suplicó, tratando de evitar que Santiago se pusiera la ropa.

—¡Muévete! —dijo Santiago, irritable.

Lincoln insistió.

Santiago, con un empujón, lo tiró al suelo y se fue. Lincoln se levantó y corrió hacia la puerta.

—¡Santiago! ¡Nunca más regreses, ¿me oyes?! —gritó, furioso, mientras Santiago desaparecía en el ascensor.

Mientras Lincoln cerraba la puerta de un golpe, pensó por un momento que se había quedado solo, pero el llanto de Kenny al propagarse le recordó lo contrario, indicando así el inicio de una noche que prometía ser tan larga como una pesadilla. Desde el nacimiento de Kenny, Lincoln no había tenido la oportunidad de cuidarlo solo. Al acercarse a la cuna, reprodujo música circuit desde su teléfono. Rápidamente comenzó a escucharse en los altavoces, estratégicamente distribuidos alrededor del loft, superando los decibeles del llanto de Kenny. Luego, lo tomó entre sus brazos y, como un juego o un desafío, resultado de su intoxicación, comenzó a girar sobre sus pies a una velocidad vertiginosa.

En otra de las tantas noche sin dormir, después de haber fumado por horas, pero harto de Kenny, que insistía en llorar y no dormir, Lincoln probó alimentarlo, pero no era hambre. Lo arropó, pero no era frío. Kenny extrañaba el calor de la costilla de Santiago. Los brazos de Lincoln, temblorosos y desorientados, solo lograban aumentar su desconcierto y ansiedad. Desesperado, Lincoln envió mensajes de texto a Santiago, pero estos quedaron sin respuesta. Santiago estaba profundamente ofendido, no solo por haber sido echado, sino por el acoso sexual que aún no había superado. En un acto desesperado, Lincoln tuvo una idea para calmar el llanto de Kenny que se volvía insoportable con su ya existente cuadro depresivo. Se dirigió a la cocina y, con manos temblorosas, preparó el biberón. Añadió diez gotas de GBL: el mismo líquido que lo ayudaba a dormir profundamente, y el mismo líquido que fue usado para dormirlo la noche que fue abusado. En cuestión de segundos, Kenny se quedó profundamente dormido.

A pesar de que su noche ya no le pertenecía a su hijo, tampoco halló consuelo, porque la metanfetamina no solo lo mantuvo despierto, sino también comenzó a jugarle sucio. De repente, empezó a escuchar sonidos extraños, como si fueran tacones lejanos provenientes de la sala. Salió a investigar, pero no había nadie. Luego, oyó los mismos tacones acercándose a la puerta de su loft. Con mucho cuidado, se acercó y miró por la mirilla, pero afuera tampoco había nadie. Luego comenzó a sudar frío mientras los pasos de los tacones resonaban cada vez más cerca. Incapaz de ver algo, el miedo lo invadió, y corrió a esconderse debajo de la cama donde su hijo aún dormía profundamente. El sonido de los tacones se aproximaba a la habitación, y Lincoln, con el rostro empapado en sudor, reconoció los tacones Chanel de Hartford. Inmediatamente salió de debajo de la cama.

—¿Qué haces aquí? —Sin embargo, al salir, no había nadie allí—. ¿Hartford? —la llamó gritando, confundido, mientras Kenny seguía sumido en un sueño profundo.

De repente, su celular sonó, y sin mirar la pantalla, contestó arbitrariamente.

—¿Hartford, qué es lo que quieres? —preguntó, irritado.

Mientras tanto, Hartford estaba en un resort en Hawaii, disfrutando con sus amigas, unas merecidas vacaciones para despejar su mente tras la repentina muerte de su única hija. Aunque Hartford no estaba pensando en Lincoln en absoluto, sus abogados sí.

Laurie Anderson, una joven abogada de gran promesa en el mundo jurídico, estaba sentada junto a la ventana de una cafetería a una cuadra del loft de Lincoln. A sus treinta y seis años apenas lucía de treinta. Su piel radiante reflejaba su estilo de vida: no bebía alcohol, jamás había probado drogas y no tenía hijos ni un amante interesado en formar una familia. Su rutina estricta y saludable la convertía en una jueza implacable para identificar a aquellos cuya vida se les escapaba entre los dedos, y por ellos sentía una lástima silente, pero muy infinita. Laurie, quien esperaba sin afán, comenzaba a sentirse molesta e irrespetada. Decidió entonces llamar a Lincoln, quien no había respondido a ninguno de sus mensajes de texto.

—¿Hartford, qué es lo que quieres? —contestó Lincoln con irritación, atrapado en un ataque de paranoia.

—¿Lincoln?   —respondió   Laurie, confundida—. Soy Laurie Anderson, del bufete de los abogados de los Vanderbilt. Teníamos una cita a las dos de la tarde en la cafetería a una cuadra de tu casa —dijo, instintivamente mirando su reloj, que marcaba casi las 2:30—. ¿A qué hora crees que llegarás? —preguntó con cautela, procurando no sonar molesta.

Lincoln, quien había olvidado por completo la cita, colgó el teléfono apresuradamente, se puso unos pantalones y salió de su loft con la mitad del rostro cubierto por una sudadera negra con capucha, olvidando verificar si Kenny dormía o no.

Al llegar a la cafetería, Lincoln identificó rápidamente a Laurie; de todas las mujeres allí, ella era la única que parecía incómoda en su traje de oficina de corte ajustado. Lincoln se sentó frente a ella, se limpió el sudor de la frente con la mano y, luego, secándose la humedad de las manos en la sudadera, le extendió la mano. Laurie dudó en responder al gesto, pero no encontró otra forma genuina de saludarlo, así que le dio la mano, aunque luego se la limpió disimuladamente debajo de la mesa con la tela gruesa de su falda, que parecía estar hecha de alfombra.

Era la primera vez que lo veía, y notó de inmediato los estragos de sus excesos: los poros dilatados, las ojeras profundas y la notable pérdida de elasticidad en la piel. También percibió un olor característico, una mezcla de suciedad y acumulación de sudor, que la convenció de que Lincoln no se había bañado en varios días. Además, observó que su estado mental estaba alterado por la forma extraña en que miraba a su alrededor, irradiando una incómoda sensación de paranoia. Aunque no pudo descifrar las razones exactas, sospechó que él estaba bajo la influencia de alguna sustancia, lo cual le generó desconfianza.

—Señor Lincoln, son las 3 p.m. —dijo Laurie con un tono de ligera queja.

—¿Tienes hijos? —preguntó él descaradamente.

—No, no tengo hijos —respondió ella, ofendida por la pregunta.

—Si los tuvieras, entenderías... mira, no quiero hacerte perder tu tiempo ni fingir que te importa mi bienestar o que estás de mi lado. No voy a dar a mi hijo en adopción, ni me mudaré a Los Ángeles, y mucho menos me voy a ir de nuestro hogar.

A Laurie le sorprendió la franqueza con la que Lincoln abordó lo que a ella le había llevado horas planear cómo manejar.

—Cuando mencionas «nuestro hogar», ¿te refieres al loft? —preguntó, aunque ya conocía la respuesta.

Lincoln asintió.

—Ese apartamento nunca fue propiedad de Jo Lynn, ni siquiera de su padre. Esa propiedad es de Hartford. Es gracias a ella que tú y tu hijo aún siguen viviendo allí...

La noticia cayó sobre Lincoln como un balde de agua fría. En sus sueños despiertos había planeado criar a Kenny en ese lugar, sin considerar que vivir en un edificio tan lujoso costaría mucho más de lo que tenía en sus cuentas bancarias, a las que aún tenía acceso.

—...además, no sé si ya lo sabes, pero tu matrimonio nunca se realizó...

Lincoln abrió los ojos con sorpresa, como si le fueran a echar gotas.

—...antes de dar el sí, perdiste la conciencia y colapsaste, ¿lo recuerdas?

Lincoln, por un momento, se quedó en silencio, tratando de recordar las desventuras de aquel día.

Laurie aprovechó su confusión para deslizar un cheque por la mesa y exponer la realidad legal que lo despojaba de derechos sobre el loft.

—Al no haber matrimonio, no tienes protección legal para estar en Los Estados Unidos —agregó con calma, pero con un toque de satisfacción en su tono.

—Mi hijo es americano —respondió Lincoln, su sonrisa empoderada acompañada de un movimiento de cabeza, incrédulo pero no sorprendido. Ya estaba acostumbrado a los gestos de los Vanderbilt para tratar de controlarlo.

—Con todo respeto, Lincoln... pero también hay rumores de que tú no eres el padre.

La frase cayó como una bomba. Lincoln golpeó la mesa con tal fuerza que un silencio incómodo se extendió por la cafetería.

—¡Kenny es mi hijo! Y si alguien se atreve a tocarlo...

—Nadie lo va a tocar sin tu consentimiento —interrumpió Laurie con frialdad mientras volteaba el cheque para que pudiera verlo. Lincoln lo tomó rápidamente, sus ojos fijos en los ceros. Por un momento, la cantidad lo dejó sin palabras.

—No es más que un obsequio —añadió Laurie con indiferencia.

—¿Me estás sobornando? ¿Están comprando a mi hijo? —preguntó Lincoln, convencido de la respuesta.

—No puede ser una compra si no hay nada en venta —respondió Laurie, su tono imperturbable—. ¿O sí? —preguntó, dejando que el silencio llenara el espacio.

Laurie lo observó mientras Lincoln doblaba el cheque con lentitud, reflexionando. Él sabía que no podía confiar en ellos, pero al mismo tiempo era consciente de lo vulnerables que eran sus finanzas. Esa suma podría mantener a Kenny por años, pero aceptarla significaría cederles el poder.

—Todos ustedes son unos monstruos. Quieren deshacerse de mi hijo, así como se deshicieron de mi Jo Lynn —espetó Lincoln, su voz cargada de resentimiento.

—Nadie se deshizo de Jo Lynn, Lincoln. Ella murió ahogada. Fue un accidente. ¿O no fue así? Tú deberías saberlo. ¿No estabas tú allí? —preguntó Laurie con un cinismo calculado.

Lincoln dejó escapar un suspiro sarcástico, como si tratara de ocultar el impacto de sus palabras. Laurie, confiada, se recargó en la silla, dejando que el silencio actuara como una herramienta de presión. Pero Lincoln se puso de pie, inclinándose hacia ella de golpe, obligándola a retroceder. Su rostro, marcado por las ojeras y el sudor, tenía una intensidad que bordeaba la amenaza.

—Diles que mi hijo no va a ser adoptado. Prefiero degollarlo con mis propias manos antes que entregárselo —dijo con un susurro gélido, cargado de una oscura determinación.

Laurie sintió un nudo en el estómago, pero no dejó que su expresión mostrara el temor que comenzaba a invadirla. Aun así, el murmullo apagado en la cafetería indicó que la confrontación no había pasado desapercibida. Laurie, al borde de perder la compostura, se levantó de golpe, quedando a su altura.

—¿De verdad crees que él va a estar bien contigo?

—Yo soy su padre —dijo Lincoln con orgullo, su voz resonando en la cafetería como una declaración definitiva—. Y si quieren tenerlo, adoptarlo, o hacerle quién sabe qué porquerías, van a tener que matarme primero.

Sin esperar una respuesta, Lincoln salió del café apresuradamente, impulsado por la ira, y seguido por todos los demonios que lo habían llevado allí, cruzó la calle y entró al banco de enfrente. Los occidentales nunca lograban descifrar el origen exacto de las facciones marcadas de Ju-Yin, pero los orientales sabían que provenía de China. Aunque nacida en Nueva York, lo único verdaderamente americano en ella eran sus amistades y su acento neoyorquino. Socialmente, Ju-Yin era audaz y extrovertida, una figura magnética en cualquier reunión. Pero detrás de su escritorio, se transformaba en una dama contenida, con uñas impecablemente pintadas de rojo cereza. Sus manos, siempre humectadas, dejaban una sensación fría, limpia y cremosa al tacto. Desde su oficina de cristal, Ju-Yin observó a Lincoln entrar con prisa, como aturdido. Con un aire de anticipación, caminó hacia la puerta, intuyendo que algo andaba mal.

—¿Puedo ayudarle? —preguntó, su tono cargado de profesionalismo y cautela.

Lincoln se acercó al escritorio con pasos rápidos, los ojos brillantes de inquietud. Sus gestos nerviosos revelaban una ansiedad que no pasó desapercibida para Ju-Yin.

—Quiero que me abras una nueva cuenta, y transfieras mi dinero de la vieja cuenta a esta nueva —dijo, gesticulando con las manos, como si organizara las palabras antes que se le escaparan. Luego se quedó en silencio, cuestionándose si había sido claro.

Ju-Yin entendió perfectamente, pero lo que realmente captó su atención fue su nerviosismo.

—Claro, ¿trajo su identificación? —preguntó mientras regresaba a su escritorio, manteniendo una apariencia tranquila.

Lincoln la siguió de cerca, invadiendo su espacio personal.

—No, pero me sé mi nombre completo — respondió, casi desafiante, como si eso fuera suficiente.

Ju-Yin, manteniendo la compostura, notó cómo las manos de Lincoln temblaban ligeramente.

—Voy a necesitar su documento de identificación en físico.

Lincoln se revisó los bolsillos frenéticamente, a pesar de saber que no tenía documentos consigo.

—No lo tengo aquí. Lo dejé en casa. Lo traeré después —dijo, tratando de sonar despreocupado.

—Sin un documento físico no puedo proceder con su solicitud. Es por su propia seguridad — insistió Ju-Yin.

La frustración de Lincoln creció. Se inclinó hacia adelante, apoyando las manos en el escritorio.

—Lincoln Sorní, búscame en el sistema —exigió, tocando la computadora de Ju-Yin de forma brusca.

Ella, percibiendo el cambio de tono y la creciente agresividad, presionó discretamente un botón bajo su escritorio para alertar al personal de seguridad.

—Señor Sorní, sin un documento no puedo proceder. Es por su propia seguridad —repitió con calma.

—¡Qué estupidez! ¿De qué seguridad hablas si estoy aquí frente a ti? —gritó, levantando las manos al aire—. ¿Sabes qué? Eres una inepta. ¡Quiero todo mi dinero en efectivo ahora mismo!

Ju-Yin se tensó ante el insulto. Respiró hondo, consciente de que una reacción emocional podría costarle el puesto. En ese momento, un guardia de seguridad, alto y de complexión robusta, se acercó con pasos firmes.

—Señor, ¿hay algún problema? —preguntó con voz grave, mirando brevemente a Ju-Yin antes de fijarse en Lincoln.

—Sí, esta estúpida no quiere transferir mi dinero —respondió Lincoln, señalando a Ju-Yin con frustración.

El guardia mantuvo la calma, pero su postura irradiaba autoridad.

—Señor, le pido que mantenga el respeto. Estamos aquí para ayudarle, pero necesitamos que coopere.

Ju-Yin, recuperando su voz, habló con firmeza.

—Seguridad, por favor saque a este hombre de mi oficina.

Lincoln se volvió hacia ella, ofendido.

—¿Sacarme? ¡Por clientes como yo tienes trabajo y comida en tu mesa!

—Llamen a las autoridades —ordenó Ju-Yin, manteniéndose firme.

—¡Yo voy a llamar a la policía! ¡Aquí se están violando mis derechos! —gritó Lincoln, cada vez más alterado.

El guardia lo tomó por el brazo, pero Lincoln intentó resistirse.

—¡Suéltame! ¡Soy un cliente distinguido!

El guardia lo sacó del banco, mientras todos los presentes miraban el espectáculo. Lincoln no paraba de gritar, descontrolado.

—¡Transfiere mi dinero, perra! —vociferaba una y otra vez.

Ese día, Lincoln fue esposado y escoltado por dos oficiales hasta la estación de policía. Ambos descendientes de mexicanos, escucharon con empatía su relato sobre la pérdida de su esposa. Aunque reconocieron su comportamiento alterado, determinaron que no representaba amenaza alguna para la sociedad. Sin embargo, debido al evidente consumo de sustancias, decidieron mantenerlo en un espacio controlado para evitar que se saboteara a sí mismo. A medianoche, Lincoln finalmente comenzó a percibir cómo regresaba a los confines de su piel. Uno de los oficiales lo condujo de regreso a su hogar en SoHo. Durante todo el trayecto, Lincoln permaneció en silencio, con la mirada perdida en algún punto más allá de la ventana. De vez en cuando, una lágrima surcaba su mejilla. Sabía que lo que estaba a punto de enfrentar al llegar a casa sería peor que lo que había vivido en las últimas horas. Al llegar, el oficial estacionó frente al edificio.

—¿Hay alguien en casa esperándole?

Lincoln tardó en responder. Su lengua, pesada por la culpa, no pudo articular palabra. Negó lentamente con la cabeza, admitiendo así su soledad y sentenciándose a la caminata más larga de su vida. Mientras subía al loft, sentía el peso de cada paso. A las 2:45 a.m., Lincoln se encontró de pie frente a la puerta. Al acercarse para escuchar dentro, lo único que pudo reconocer fue el latido punzante de su propio corazón. Prestando más atención a los ruidos en su interior, solo escuchó vacío; el silencio que llega cuando no hay nada. Y allí, en esa nada, no pudo evitar preguntarse: ¿qué haría con el cuerpo de su recién nacido después de cansarse de sostenerlo, besarlo y pedirle perdón? ¿Qué haría cuando su pequeño cuerpo comenzara a oler a muerte, cuando su piel se volviera fría como el hielo y adquiriera el tono púrpura de los muertos? Ninguna pregunta encontró respuesta, pero sí encontró la fuerza para abrir la puerta y entrar.

Dentro, el aire estaba cargado de olores desagradables: podrían haber venido de la basura acumulada debajo del fregadero, que Santiago solía sacar todos los días, o quizás era el olor a encerrado; las ventanas no se habían abierto en mucho tiempo. También podría haber sido el olor a sudor; las sábanas no se habían lavado en siglos. O tal vez era el olor de la ropa sucia, de ropa interior manchada y costrada con semen seco. También podría haber sido el olor de las toallas usadas del baño, arrojadas a la cesta de la ropa, donde, en lugar de secarse, habían crecido bacterias debido a la humedad.

Cuando Lincoln entró en la habitación, el hedor de excremento le golpeó la nariz de manera nauseabunda. A medida que caminaba, sus ojos ya estaban fijos en la cuna, y lo primero que vio fue a Kenny, despierto, mirando al techo, serio y pensativo, como si estuviera perdido en profundas reflexiones. Lincoln lo agarró y lo abrazó con desesperación, sin importar el olor a mierda, luego lo alejó porque el hedor era más fuerte que su alegría. El llanto contenido de Kenny finalmente se desbordó. Lincoln sonrió, como si hubiese extrañado ese llanto, pero la fatiga llegaría horas después, antes de que la noche se despidiera, cuando Kenny, fastidiado, no dejaba de llorar. Lincoln buscó algo que pudiera ofrecerle, pero la despensa y el refrigerador estaban casi vacíos, con excepción de un par de latas de pescado y una bolsa de avena en hojuelas. Preparó un biberón con agua y avena, pero Kenny lo rechazó de inmediato. Su pequeño rostro se arrugó en una expresión de disgusto, y el llanto persistió. Desesperado y agotado, Lincoln contempló nuevamente la idea de usar GBL, esta vez en una dosis mayor. Tomó el frasco y vertió doce gotas en el biberón.

Mientras agitaba la mezcla, su mente oscilaba entre el alivio y el temor de que esta vez pudiera ser fatal. Justo antes de meter la tetina en la boca de Kenny, algo en su interior lo impulsó a meterse la tetina en su boca y succionar todo el líquido del tetero. Kenny dejó de llorar para observar a su padre tomándose su alimento.

————

A las cinco de la mañana, tras veinticuatro horas sin probar bocado y sin sentir hambre, Lincoln se sumergió en una mezcla de euphorix, GBL y ketamina. El estado de euforia y desenfreno que alcanzó fue acompañado por un vals retumbando en las bocinas. Se enfundó en el vestido de novia de su difunta esposa y, mientras las lágrimas surcaban su rostro, se maquilló improvisando una expresión de alegría forzada. Con el volumen al máximo, comenzó a bailar por la sala como un títere descontrolado, moviendo el largo vestido al compás de la música. Kenny, aún llorando y con el estómago vacío, no pudo evitar sentirse intrigado por aquella figura desinhibida y delirante que danzaba con tanta intensidad. Sin embargo, el llanto del niño se interrumpió bruscamente por el timbre de la puerta. Afuera, un hombre de complexión atlética y facciones marcadas esperaba. Por pura coincidencia, o quizás no, se parecía al casi olvidado rostro de Derrick. Lincoln no mostró sorpresa, pero lo examinó detenidamente. El desconocido dejó escapar una risa al verlo desfigurado en aquel vestido de novia.

—¡Lo siento! —se disculpó el hombre, bajando la cabeza y cubriéndose la boca para contenerse.

A Lincoln no le importó. Su ser ya no era más que carne, huesos, drogas y muy poca vergüenza.

—¿Cómo te llamas? —preguntó Lincoln con firmeza.

—Derek.

—¡Derrick! —lo corrigió Lincoln.

—Derrick —repitió el hombre, como si tomara posesión del nombre.

Lincoln lo dejó pasar sin cuestionar. Mientras el desconocido entraba al desordenado loft, Lincoln se retiró a su habitación. El hombre, cuyo verdadero nombre era Charlie, no pudo evitar criticar en silencio el caos del lugar. La decadencia de un espacio tan lujoso le parecía un crimen. En la sala, Kenny lloraba en su cuna. Charlie lo agarró, intentando calmarlo. Su mirada se desvió hacia la cocina, donde no encontró nada adecuado para alimentar al niño, salvo un biberón con agua de avena que dudó en darle. Sin embargo, al no tener otra opción, ofreció el biberón a Kenny, quien lo aceptó con avidez. Cuando Lincoln salió del baño en una sudadera gris y el maquillaje corrido, notó al niño tomando del biberón. Con un gesto brusco, se lo quitó de la boca.

—¿Está vencido? —preguntó Charlie, confundido.

Kenny comenzó a llorar. Lincoln, pensativo, le insertó de vuelta la tetilla del biberón en la boca antes de dirigirse a la habitación.

—Déjalo en la cuna, quítate la ropa y sígueme —ordenó.

Charlie cumplió con sus indicaciones al pie de la letra. Al entrar en la habitación, Lincoln estaba sentado sobre el borde de la cama, fumando cristal meth.

—¡Siéntate! —le ordenó, señalando un espacio a su lado.

Lincoln le ofreció fumar, poniéndole la boquilla de la pipa en su boca.

—¿Es necesario? —preguntó Charlie con duda.

Lincoln lo miró fijamente y asintió.

Charlie, acostumbrado a fingir con otros clientes, hizo una excepción con Lincoln. Fumó, convencido de que ganándose su confianza podría abrirle puertas, ya que le resultaba imposible imaginar que el lujo y el control que proyectaba fueran solo una fachada. Debía ser el hijo de algún millonario, pensó.

En el delirio provocado por las drogas, Lincoln comenzó a confundir a Charlie con Derrick.

—¿Derrick? —preguntó, llorando.

—¿Lincoln? —respondió Charlie, adentrándose en el entretenimiento de una fantasía ajena.

—¿A dónde fuiste?

—Aquí estoy, baby.

—¿Baby? —preguntó Lincoln asqueado —Derrick nunca me llamaría «baby» —dijo, irritado.

—¡Boy! —dijo Charlie por instinto.

—¿Eres tú? —preguntó Lincoln, melancólico, agarrando la barbilla de Charlie, pero al verle los ojos reconoció a un hombre ordinario. —No, tú no eres Derrick.

Charlie, sintiéndose desafiado, apretó el cuello de Lincoln con una fuerza inesperada. Lincoln respondió con una mezcla de miedo y deseo. Charlie, percibiendo la dinámica, asumió el papel de Derrick con más determinación. Mientras ambos se entregaban a un juego de roles que los mantenía absortos; en el rincón olvidado del loft, Kenny dormía profundamente bajo el efecto del GBL.

Afuera, el día ya había amanecido, pero en el interior del loft, todavía era de noche. Dieciséis horas habían transcurrido desde la llegada de Charlie. De repente, Lincoln comenzó a sentirse somnoliento debido al GBL que Charlie, intencionalmente, había añadido en exceso a su dosis para que finalmente se durmiera, ya que parecía inagotable.

—¿A qué te dedicas? ¿Cómo es que tienes tanto dinero? —preguntó Charlie. No estaba entreteniendo una simple conversación; evaluaba la situación financiera de Lincoln, explorando cómo podría beneficiarse de ella.

—Soy escritor.

—¿Eres famoso? —inquirió Charlie, intrigado por el supuesto estatus de Lincoln.

—¿Has leído mi trabajo? —replicó Lincoln, pretendiendo ser famoso.

—No, pero podría —respondió Charlie, ansioso por agradarle.

—Dudo que sepas leer.

—Sí sé leer —respondió Charlie, con un dejo de vergüenza que intentó ocultar cambiando el tema rápidamente—. ¿Quién es Derrick? —preguntó, buscando entender al hombre que trataba de plagiar.

—Mi esposo —mintió Lincoln, pero algo en la mentira, creyó verdad.

—¿Dónde está?

—No lo sé... se fue —admitió Lincoln en un susurro—, pero volverá —agregó con una convicción que a Charlie le pareció infantil.

—¿Cómo sabes que volverá?

—Porque lo esperaré.

—Eso no garantiza que regrese.

—¿Y qué sabes tú? —preguntó Lincoln, mientras el sueño le arrebataba la conciencia—. Un día volverá por su hijo.

—¿Oh, ese es su hijo?

—Es nuestro hijo.

—¿Y si nunca regresa? —preguntó Charlie, plantando una semilla de duda con la sutileza de un manipulador.

Lincoln abrió los ojos para mirarle.

—Si nunca regresa... entonces te puedes quedar —concluyó, cayendo profundamente dormido.

Charlie sonrió, sin ocultar su ambición, ahora que los ojos de Lincoln ya no eran testigos de sus pensamientos.

———

Lincoln despertó en una cama vacía. Su cuerpo adolorido por los excesos, y su cabeza con un malestar punzante. De la habitación salió tambaleándose y desorientado. En la sala encontró a Charlie con Kenny en brazos, alimentándolo al pie del ventanal, con una tranquilidad que parecía impropia de la situación caótica que había dejado la noche anterior. El loft, que antes era un caos de sombras y abandono, ahora resplandecía con una inusual pulcritud. Los pisos brillaban, las ventanas estaban abiertas dejando entrar la luz del día, y el aire estaba impregnado a comida casera. Los gabinetes de la cocina, antes vacíos, ahora estaban llenos de provisiones. Lincoln observó la escena en silencio, intentando procesar la transformación.

—¿Qué haces todavía aquí?

—¡Mira quien despertó!— dijo Charlie a Kenny, emocionado, ignorando la actitud de Lincoln.

—¿Quién te pidió que... hicieras todo esto? — Lincoln dijo, mirando alrededor, molesto.

—Tu hijo estaba llorando, no había comida, así que salí... Pensé que te despertarías con hambre.

—No te tomes libertades que no te corresponden.

—Lo siento... esa no fue mi intención —dijo apenado— ¿Te gusta la lasaña? Mi madre me enseñó hacerla, y ahora ella dice que me sale mucho mejor que a ella.

—Quizás deberías ir a ver a tu madre —respondió Lincoln, con sarcasmo.

—Mi madre no vive aquí —replicó Charlie, con un tono melancólico que traicionaba un sincero sentimiento de pérdida.

—¿No tienes casa? —preguntó Lincoln, buscando ofender deliberadamente.

—Sí, sí tengo casa.

—Recoge tus cosas y vete.

Charlie lo miró, la decepción transformándose en ira, una furia que creció como un veneno.

—¿En efectivo o Venmo? —preguntó, su voz tensa.

—Venmo —respondió Lincoln con indiferencia, mientras tomaba dos Tylenol.

Charlie sacó su teléfono, y después de calcular, anunció con firmeza:

—Tu total es de 25.600 dólares.

Lincoln se echó a reír, incrédulo.

—¡Estás loco!doble espacio.

—64 horas a 400 dólares la hora son 25.600 dólares —explicó Charlie, realizando la operación de nuevo.

—A lo mucho te puedo dar 1.200 dólares.

—64 horas a 400 la hora son 25.600 dólares... ¿En efectivo o por Venmo? —dijo, con voz firme, controlando su ira.

Si Lincoln se hubiese detenido a conocer a Charlie, habría descubierto que este había pasado más de doce años en una prisión juvenil, tras el testimonio de su hermano gemelo, quien confesó que ambos habían ahogado a su hermanito recién nacido en la bañera. Si Lincoln hubiera invertido tiempo en conocerlo mejor, habría entendido que Charlie cargaba un historial clínico de depresión, ansiedad e ira, controlado únicamente con medicación. De haber profundizado más, habría sabido que el Gobierno de los EE. UU. le otorgó el nombre de Charlie para proteger su identidad tras su liberación. Y si Lincoln hubiese entendido el analfabetismo casi total de Charlie, habría comprendido que su trabajo como escort era su única fuente de ingresos. Si Lincoln hubiese visto a Charlie como lo que realmente era, un joven atrapado en su propio infierno, nunca habría puesto en riesgo su vida por una deuda. Charlie salió del loft con un juego de equipaje Louis Vuitton, repleto de zapatos, joyas, bolsos y vestidos de Jo Lynn. Más tarde, vendió dichos artículos por una suma que superaba los 100 mil dólares. Aunque ignoraba el verdadero valor de los objetos, no pudo evitar sorprenderse por la cantidad de dinero que obtuvo. Sin mucho remordimiento, pero con el temor constante de ser capturado por las autoridades, se aventuró a abandonar Nueva York y mudarse a Miami, donde pudo eludir la ley, pero no al karma.

Antes de irse, en un arrebato de rabia y frustración, Charlie había derribado a Lincoln con un golpe certero, dejándolo en el suelo. Luego, como si toda la furia acumulada lo consumiera, descargó varias patadas contra su torso, rompiéndole una costilla. Lincoln quedó allí, como un perro herido, inmóvil y jadeante. Cada respiración era un tormento, como si el dolor le perforara el pecho y le arrancara el alma. Mientras Kenny lloraba de hambre, Lincoln apenas podía moverse para intentar consolarlo. Pudieron pasar más de dos horas antes que Lincoln se pudiese poner en pie, pero el olor a quemado de la lasaña, y el llanto de Kenny lo obligaron a levantarse prematuramente. Con esfuerzo, apagó el horno y la estufa, y luego cambió los pañales de Kenny con manos temblorosas, sintiendo cada movimiento como un calvario. Finalmente, tomó tres Tylenol y se metió en la tina con agua tibia, buscando aliviar el agudo dolor de su costilla, aunque ignoraba que estaba rota. La frustración pronto lo invadió al darse cuenta de que ni los Tylenol ni el agua tibia podían aliviar su sufrimiento. Cuando el dolor alcanzó un punto insoportable, recordó cuando Derrick le dijo que la ketamina curaba los dolores. Al consumirla, sintió un alivio inmediato que relajó sus músculos y lo hizo sentir como si flotara. Este breve respiro le permitió moverse con más libertad y despertó un apetito voraz, llevándolo a devorar la lasaña quemada sin quejarse. Al intentar dormir, la misma cama que parecía una nube, esa noche le pareció tan dura como una piedra. Sin encontrar consuelo, recurrió nuevamente a la ketamina y al GBL, cayendo dormido casi de inmediato. Sin embargo, a las dos horas despertó, incapaz de conciliar el sueño nuevamente, así que consumió más GBL, repitiendo este ciclo una y otra vez. Lo que comenzó como un intento de escapar del dolor, se transformó rápidamente en una rutina, dándole la bienvenida a una nueva adicción.

———

En los días siguientes al asalto, Lincoln centró sus esfuerzos en controlar el dolor de la costilla rota aplicando compresas frías sobre el creciente hematoma que cubría su costado. Aunque cada movimiento era una agonía, se negó a ir al hospital a que le recetaran ibuprofeno, y le dijeran que necesitaba tomar mucho líquido y reposo absoluto. Cinco días después del asalto, Lincoln decidió visitar a un viejo amigo. Al llegar, reconoció a Santiago vestido con su disfraz de el Hombre Araña. Ese invierno fue voraz y el frío inclemente. Lincoln vestía un abrigo negro que le caía por debajo de las rodillas y un gorro de lana del mismo color que le cubría la frente. Kenny estaba en su cochecito, cubierto por un plástico rígido que creaba un espacio cálido en su interior. Lincoln se acercó a Santiago y le donó 100 dólares. Santiago, perplejo, lo miró fijamente; sus miradas se cruzaron, pausadas, intentando descifrar la emoción adecuada para aquel inesperado encuentro luego de que Lincoln lo echara de su casa. Lincoln rio nervioso. Santiago respondió con una sonrisa cálida antes de abrazarlo, y Lincoln no pudo evitar llorar mientras correspondía al abrazo.

—Todo va a estar bien —susurró Santiago.

Lincoln asintió en silencio, enterrando su rostro en el cuello de Santiago. Este se apartó con suavidad, preocupado por lo que la gente pudiera pensar de aquella muestra de afecto en plena calle. Se giró hacia el cochecito de Kenny, abrió la cubierta plástica y notó que el niño dormía. Lo levantó en brazos, y el peso liviano de su cuerpo le reveló de inmediato su malnutrición. A pesar del bullicio de Times Square, Kenny no reaccionó, lo que despertó una sospecha inmediata en Santiago. Lincoln, al ver la preocupación reflejada en el rostro de Santiago, tomó a Kenny y lo devolvió al cochecito antes de que pudiera juzgarlo o bombardearlo con preguntas.

—Si lo despiertas, no parará de llorar — advirtió con un tono molesto y una mirada severa, intentando disimular su nerviosismo. Pero su reacción solo aumentó las sospechas de Santiago.

—Ya vete —dijo Santiago —Te veré más tarde en tu casa —aseguró, sin esperar una invitación.

Lincoln sonrió y asintió, aceptando la autoinvitación. Quiso abrazarlo para cerrar el encuentro, pero Santiago, percibiendo la intención, se apartó abruptamente y regresó a su trabajo de el Hombre Araña. Lincoln se marchó satisfecho, pensando que las diferencias entre él y Santiago habían quedado atrás. Sin embargo, Santiago no ganó un dólar más después de verlo partir. Su preocupación por Lincoln y Kenny lo mantuvieron distraído. A medida que la inquietud crecía, se debatía entre seguir con su vida simple o actuar como un verdadero superhéroe e interceder, sabiendo que el cristal meth era parte del problema. Esa noche, Santiago se encontró frente a la puerta de Lincoln, con el miedo de entrar y quedar atrapado en ese círculo vicioso decadente y emocional del que no podría escapar una vez comprometido. No solo temía las consecuencias de las drogas, sino también a la persona en la que Lincoln se transformaba bajo su efecto. Esa figura ambigua y desinhibida lo confundía.

De repente, la puerta se abrió, y Lincoln lo encontró allí, mudo y taciturno. Cuando Santiago entró al loft, el aire estaba cargado de un olor estancado a humo. Lo que alguna vez fue un espacio ordenado e impecable ahora se sentía claustrofóbico. Las sombras se aferraban a las esquinas como si tuvieran vida propia. Los muebles estaban desordenados, cojines y prendas de ropa esparcidos por todas las superficies como si fueran colgaderos. Las ventanas estaban cubiertas con cortinas pesadas que bloqueaban la luz, dejando la habitación en una penumbra asfixiante. Botellas vacías y platos sucios se acumulaban por doquier. Decidido a romper aquella opresión, Santiago apartó las cortinas y abrió las ventanas, dejando entrar la luz y el aire frío.

—¿Qué haces? —preguntó Lincoln, frunciendo el ceño ante la invasión de luz y frío.

—Así no se puede vivir —respondió Santiago, con frustración.

—Así nos gusta vivir —replicó Lincoln, cerrando las cortinas de un tirón.

Santiago, más irritado, volvió a abrirlas.

—Cierra las cortinas cuando me haya ido —imploró con la voz temblorosa, esperando que Lincoln entendiera su punto.

Lincoln no replicó.

Santiago se dirigió a la cuna de Kenny, preocupado, y examinó al niño.

—Kenny no está comiendo bien —dijo, inquieto.

—Está comiendo mejor que yo —respondió Lincoln con amargura.

—¿Cuánto estás pesando? —preguntó Santiago, observando a Lincoln, demacrado.

—Tengo que regresar al gimnasio —respondió, evadiendo la pregunta.

Santiago respiró hondo, conteniendo su enojo. En la cocina, comenzó a preparar alimento para Kenny, notando que las latas de fórmula estaban sin abrir. Aquella noche, Lincoln le preguntó a Santiago si quería quedarse. Santiago mintió diciendo que tenía un cliente, tratando de manipular su soledad. Finalmente, accedió, con la condición de que Lincoln no consumiera metanfetamina.

—Ya no consumo esa porquería —mintió Lincoln.

Aunque Santiago no le creyó, decidió no contrariarlo, consciente de que podría alejarlo de su verdadero objetivo: entregarse al placer y las drogas en los brazos de Lincoln.

Santiago tenía una vida sexual activa con su novia, Natalie, pero su satisfacción completa solo llegaba en las sombras de su imaginación, donde la figura masculina tomaba protagonismo. Por eso, en sus encuentros, recurría a la pornografía de mujeres blancas con hombres bien dotados. Natalie, aunque cada vez más desconcertada, nunca lo confrontó; le habían enseñado que el hombre es la criatura más incompleta del mundo. Por su parte, Santiago no se atrevía a insinuar la participación de otro hombre en la intimidad. Era demasiado reservado, y ella, demasiado insegura. Así, Lincoln se convirtió en su único portal hacia el éxtasis y la liberación de su propia mentira. Consumir aquellas drogas lo transformaba: dejaba de ser el hijo cargado de culpas y miedos, y se convertía en un hombre libre, sin tabúes ni cadenas. Allí, en ese mundo ligero y etéreo, Santiago soñaba con ser siempre así, sin necesitar de las drogas para conseguirlo. Pero mientras esperaba ese día que nunca llegaría, se encerró en el baño, ocultándose para inducirse con ketamina y GBL. Antes de salir, rastrilló con los dientes un fragmento de euphorix, consumiendo solo lo justo para mantener su euforia sin levantar sospechas.

Cuando Santiago salió del baño, estaba medidamente intoxicado, apenas lo necesario para desinhibirse. Encontró a Lincoln acostándose, protegiendo su costilla rota con una mano. Por primera vez, Lincoln había evitado consumir; quería mantenerse sobrio por respeto a Santiago, aunque el dolor lo atormentara como un demonio.

—¿Qué haces? —preguntó Santiago, molesto, al ver que Lincoln parecía ignorarlo por completo.

Lincoln intentó responder, pero el dolor apenas le permitía respirar.

—¿Qué te pasa? —insistió Santiago, observando sus movimientos lentos y los quejidos que no podía esconder.

—Nada, solo estoy cansado —respondió Lincoln con voz apagada, evitando el tema.

Santiago se desnudó y se metió en la cama, apoyando la cabeza en una mano mientras lo observaba en silencio. Frustración y deseo se mezclaban en su interior; se sentía rechazado por Lincoln, quien apenas sostenía su mirada. Santiago, bajo los efectos del euphorix, se atrevió a tocarlo entre las piernas. Lincoln lo apartó, dejando clara su negativa.

—¿Qué quieres? —preguntó Lincoln, con una mezcla de cansancio e irritación.

—Quiero que me folles —respondió Santiago, directo y sin rodeos, impulsado por las drogas.

Lincoln quedó atónito ante aquella revelación.

—No voy a pagarte.

—¿Quién te está cobrando?

—¿Y tu novia? —contraatacó Lincoln.

Santiago se acercó, tan próximo, que Lincoln pudo sentir el calor de su aliento.

—¿Entonces qué vas a hacer? —preguntó Santiago, ignorando su pregunta y desafiándolo.

Lincoln lo miró con dureza, tratando de desarmarlo con una pregunta.

—¿Entonces sí eres un maricón?

—¿Me comerías el culo si te digo que sí? —respondió Santiago, con una mezcla de agresividad y vulnerabilidad.

Lincoln sonrió, satisfecho de confirmar sus sospechas, pero lo apartó. Estaba demasiado cansado y adolorido para seguir el juego.

—¡Tú eres homosexual! —exclamó Santiago, ofendido, como si quisiera darle la vuelta al argumento. En el movimiento, tocó la costilla de Lincoln, quien contuvo un grito, apretando los labios con fuerza.

—No soy ningún homosexual —respondió Lincoln entre dientes, reprimiendo el dolor.

—Escribes poemas de amor a hombres —acusó Santiago—. «Derrick, me muero sin ti. Derrick, por favor regresa.»

Lincoln quedó en shock.

—Derrick es un personaje ficticio. ¿Desde cuándo lees mis cosas?

—Pues para algo las escribes, ¿no? —replicó Santiago, sin vergüenza.

—No para que tú las leas.

Santiago sonrió con arrogancia.

—Ese tal Derrick de tus diarios soy yo, ¿no?

Lincoln lo observó en silencio, permitiendo que Santiago se ahogara en su propia conclusión.

—¿Soy yo? —preguntó Santiago, incrédulo.

El silencio de Lincoln fue suficiente para delatarlo. Santiago quedó inmóvil, procesando lo que acababa de descubrir. Deseo, culpa y miedo se mezclaron en su mente, incapaz de encajar en la narrativa que Lincoln parecía haber escrito para ambos.

—Tú me amas —dijo Santiago, como si se lo confesara a sí mismo.

Lincoln no respondió, pero su mirada decía más de lo que cualquier palabra podía expresar.

—No soy como tú —murmuró Santiago, aferrándose a lo poco que quedaba de su seguridad.

—Tal vez no lo seas, pero si ambos sentimos lo mismo, entonces... —dijo Lincoln, dejando la frase sin terminar en el aire, empujándolo a confrontar sus sentimientos.

—No... yo tengo novia —dijo Santiago, aferrándose a su propia mentira.

—Yo soy viudo, y tengo un hijo —respondió Lincoln, mostrándole otra perspectiva.

—Mis padres me matarían —dijo Santiago, con un temblor en la voz.

—Siempre dicen lo mismo. Al final nadie mata a nadie. Y si te echan de casa, te vienes aquí. A Kenny le gustaría —ofreció Lincoln, vendiéndole una idea que parecía conveniente para ambos.

Santiago guardó silencio, incapaz de articular una respuesta.

Esa noche, bajo los efectos de la ketamina y el GBL, intentaron hacer el amor, pero el dolor en las costillas de Lincoln lo hacía insoportable. Santiago insistió en que se quitara la camiseta, y al ver los moretones, su preocupación fue evidente.

—El médico dijo que empeoraría antes de mejorar —mintió Lincoln.

Santiago decidió no contradecirlo, pero le hizo prometer que iría al médico al día siguiente.

A las cinco de la mañana, Santiago se levantó y se vistió apresuradamente para volver a casa antes de que su madre notara su ausencia. Antes de salir, Lincoln lo agarró del brazo, y preguntó:

—¿Te gustaron mis escritos?

Santiago sonrió, reconociendo al Lincoln ingenuo que solía conocer.

—No sé quién inventó las palabras, pero tuvo que haber sido alguien como tú.

Lincoln quiso llorar —la sensibilidad, aquellos días, le brotaba a flor de piel— pero solo sonrió.

—Quiero que vengas a la cena de Nochebuena —dijo Santiago antes de irse.

Lincoln supo en ese momento que no asistiría. Mientras lo veía marcharse, susurró en voz baja:

—En todos los sentidos, él no era un hombre simple, ¿y cómo no podría serlo?

Impulsado por una idea condenada a desaparecer, Lincoln agarró uno de sus diarios en el cajón roto de la mesa de noche, y escribió:

«En todos los sentidos, él no era un hombre simple, ¿y cómo podría serlo? Tan complejo era aquel hombre que su verdadero nombre, confundido, se le escapó. Y el nombre que inventó para reemplazarlo, acomplejado, nunca lo alcanzó. En ese sentido, ambos estábamos destinados a perdernos, y a encontrarnos, casi al mismo tiempo.»

Durante los tres días que siguieron a la partida de Santiago, Lincoln solo se levantaba de la mesa del comedor, donde descansaba su computador, para preparar su comida y la de Kenny, bañarlo, cambiar sus pañales, mecerlo y sacarlo a la calle en su cochecito. En sus caminatas buscaba inspiración en memorias que, aunque recientes, empezaban a extraviarse en la confusión de los hechos ocurridos bajo los efectos de las drogas. Pero en los largos duchazos de agua caliente, componía fragmentos que cobraban vida. Aún empapado, corría al comedor, y frente al ventanal que iluminaba el espacio antes sumido en tinieblas, escribía con prisa, temiendo que aquellos fragmentos, cargados con tóxica fragilidad, se esfumaran de su memoria. El primer día, escribió la primera parte. El segundo día escribió la segunda y al tercer día escribió lo que pudo. Aun así, sin haberla culminado — porque la noche cayó antes de que terminara el día— la tituló simplemente: El hombre q adoré.

Ese tercer día, Santiago le envió mensajes insistentes, asegurando su presencia en la cena familiar en Astoria. Lincoln, sumido en su frenesí creativo, ignoró los mensajes. Al final del día, movido por la desesperación de la soledad y la especialidad de la fecha, decidió asistir, pero solo porque Santiago mencionó una invitación a una circuit party que tendría lugar esa misma noche. Lincoln, que durante su relación con Jo Lynn había dejado de asistir a esas fiestas, ahora prefería encuentros privados: invitar hombres de la web a su casa, entregarse a largas sesiones de sexo y pornografía bajo los efectos de las drogas. Aunque regresar a ese océano de cuerpos musculosos y juicios crueles no le resultaba atractivo, se aferró a la idea de una última noche de excesos. Una despedida simbólica a aquellas jornadas que le nublaron sus días. Prometió que, después de esa noche, recogería las piezas rotas de su vida y las armaría de nuevo para ponérselas a su hijo de sombrero.

A las seis de la tarde, Lincoln se dio su décima ducha del día —su refugio habitual cuando la inspiración lo abandonaba. Luego, se vistió con un abrigo negro Ferragamo que le llegaba hasta las rodillas, envolviéndose en un calor reconfortante mientras se preparaba para enfrentar el gélido frío exterior. A las siete, se enfrentó al dilema de encontrar una niñera para Kenny. Siendo Nochebuena, resultó imposible hallar a alguien disponible. A las ocho, inquieto, se sentó frente a una botella de amber—GBL. Mientras tanto, en Astoria, la familia de Santiago—sus padres Camila y Francisco—había pasado días organizando la cena. A pesar de la planificación, a última hora todo era un caos: cocinar, arreglarse y poner la mesa. En medio del desorden, sonó el timbre. Santiago, emocionado, corrió a la puerta esperando ver a Lincoln, pero se sorprendió al encontrarse con Natalie, su novia. Ella vestía un abrigo rojo de segunda mano y un gorro de lana gruesa. Santiago intentó ocultar su decepción, pero su rostro lo traicionó.

—Pensé que trabajarías esta noche —dijo Santiago, confundido, mientras Natalie entraba apresurada para escapar del frío.

—Renuncié —respondió ella con satisfacción, quitándose su abrigo.

Santiago, sorprendido, recibió un beso rápido mientras ella le entregaba un sobre.

—Feliz cumpleaños, cariño —susurró Natalie.

—Natalie, querida, ¿no se suponía que trabajabas hoy? —preguntó Camila al acercarse.

—Pedí el día libre —respondió Natalie, saludándola con una sonrisa y un beso en la mejilla.

Camila, encantada con su compañía, la llevó hacia la cocina. Santiago, sin embargo, sintió una punzada de frustración al verla. Sabía que la relación entre Natalie y Lincoln era tensa, y su inesperada llegada lo descolocó. Mientras cerraba la puerta, vio a Lincoln subir las escaleras, claramente incómodo por el dolor en sus costillas.

—¿No fuiste al médico? —preguntó Santiago, preocupado, acercándose para ayudarlo.

—No —respondió él entre dientes.

—Te dije que fueras —lo reprendió.

—Estaba ocupado —admitió Lincoln.

—¿Ocupado haciendo qué? —Santiago lanzó la pregunta con un sarcasmo que insinuaba su desconfianza.

—Escribí la historia más bonita del mundo —dijo Lincoln, agarrando el brazo de Santiago y mirándolo directamente a los ojos, como si compartiera el secreto más dulce y pecaminoso de todos.

Santiago vio el brillo en sus ojos y, por un instante, sintió el impulso de besarlo. Pero el temor a ser condenado lo frenó.

—¿Derrick y Lincoln terminan juntos? —preguntó, cauteloso.

—Las historias más bonitas del mundo no tienen finales felices —dijo Lincoln, esbozando una sonrisa.

—¿Entonces no terminan juntos? —preguntó Santiago, con obvia decepción, pero cuando preguntó el título, la respuesta lo dejó pensativo.

—El hombre que adoré —respondió Lincoln.

—Entonces no terminan juntos —concluyó Santiago, insatisfecho, analizando el peso del título.

—Tú debes de ser el famoso Lincoln —dijo Camila, rompiendo el momento íntimo tras su entusiasta aparición en la puerta. Detrás de ella, Natalie observaba con una mezcla de celos e incomodidad que no podía ocultar. Notando la tensión en el rostro de Natalie, Santiago soltó a Lincoln en las escaleras y se apresuró a dar la bienvenida a todos a la casa. Al entrar todos en la casa, encontraron a Francisco, el padre de Santiago, poniéndose su abrigo mientras se dirigía afuera para ver de qué se trataba todo el alboroto con su esposa. A pesar de ser un buen hombre con un temperamento calmado, Francisco siempre tenía una expresión de malhumor en su rostro. Después de cumplir sesenta años, se interesaba aún más que su esposa en saber todo lo que sucedía a su alrededor, incluso si no le concernía a él. Cuando lo criticaba por ser tan entrometido, simplemente respondía:

—Como cabeza y protector de esta familia, es mi deber estar al tanto de todo lo que sucede dentro y fuera de esta casa.

La visita de Lincoln tomó a Francisco por sorpresa. Aunque había escuchado sobre él, su hijo nunca había mencionado que Lincoln era pudiente. Francisco rápidamente lo dedujo por el abrigo Ferragamo que llevaba puesto, el cual anteriormente había estudiado cuando su jefe le encargó recoger un ejemplar similar en la tienda. Curioso, revisó el precio, y al probárselo, entendió por qué la gente rica pagaría tanto por una prenda tan exclusiva. Y como muchas personas pobres, Francisco soñaba con algún día poseer un abrigo como ese.

—Papá, mamá, este es Lincoln.

—Mucho gusto, Camila, la madre de Santiaguito —dijo Camila orgullosa, abrazando a Lincoln con entusiasmo.

Lincoln dejó escapar un gemido que no había anticipado debido al dolor de su costilla rota.

—¿Qué pasa? —reaccionó alarmada Camila.

—Lincoln... —comenzó Santiago.

—Nada, señora, no se preocupe —interrumpió Lincoln a Santiago, evitando que mencionara la lesión y desviara la atención hacia su condición por el resto de la noche.

—Señor, mucho gusto —dijo Lincoln, extendiendo su mano hacia Francisco. Francisco, incapaz de dejar de mirar el abrigo, le dio un apretón de manos firme, y al ver lo sofisticado que se presentaba, no pudo evitar halarlo para darle un fuerte abrazo. Lincoln dejó escapar otro gemido, esta vez más audible. Francisco y los demás se alarmaron. Lincoln, rápidamente cubrió el área de las costillas, mientras luchaba por recuperar el aliento y mantener un perfil bajo.

Santiago, preocupado, alejó a Lincoln de su padre, lo que molestó a Natalie, aunque Santiago no lo notó. Luego intentó quitarle el abrigo, pero él insistió en dejarlo puesto. Camila, con su instinto maternal, se acercó agresivamente para quitarle el abrigo. Aunque Lincoln insistió en no quitárselo, ella siguió insistiendo.

—¡Dije que no! —exclamó Lincoln con firmeza. Camila retrocedió, no ofendida, preocupada.

—¿Qué es lo que tienes? —preguntó ella.

—Se cayó y tiene un moretón que no ha sido revisado por el médico —explicó Santiago.

—Voy a calentarte unas hojitas de árnica, ¿ok? —dijo Camila.

—Estoy bien, señora, muchas gracias — respondió Lincoln, tratando de conservar sus modales.

—No te va a costar nada y no te va a doler. No queremos que te pase nada, especialmente ahora, después de la tragedia de tu esposa. Mi más sentido pésame —dijo Camila con sinceridad, llevándose la mano al corazón.

—¡Ma! —exclamó Santiago, avergonzado por su impertinencia.

—¿Qué dije de malo?

—¿Eres casado, hijo? —aterrado de su temprana edad, preguntó Francisco.

—Sí, y tiene un hijo recién nacido —dijo Camila.

Francisco se mostró aún más interesado en Lincoln. No se esperaba a un hombre con cara de niño, ya casado y con un hijo.

—¿Qué le pasó a tu esposa? —preguntó, curioso.

—Murió —Camila respondió abruptamente con la intención de cortar la impertinencia de su marido por respeto a Lincoln.

—¿Está muerta? —profundizó.

—Sí Francisco, se ahogó —confirmó Camila con poca paciencia por la falta de tacto de su marido.

Francisco no entendió cómo era posible que un adulto no supiera nadar. ¿Cómo era posible que se ahogara, si lo único que se tiene que hacer es flotar mirando hacia arriba?

—¿No sabía nadar? —preguntó Francisco, insinuando que nadar era una habilidad básica.

—Sí sabía nadar, pero se quiso ahogar... y se ahogó —confesó Lincoln, con una seriedad que puso los pelos de Francisco en punta, dejando el recinto en un silencio sepulcral.

—¿Por qué una mujer casada y con un hijo querría ahogarse?

—¡Papá! —exclamó Santiago, avergonzado.

—Porque me encontró en la cama con otro hombre —Lincoln respondió, observando la reacción de Francisco, quien por un momento se mostró confuso. La noticia fue una revelación para todos, incluso para Santiago.

—¿Lincoln, de qué hablas? —preguntó Santiago, confuso, pero su tono traicionó un ligero temblor.

Natalie, desde la esquina, no dejó que el momento se enfriara. Dio un paso adelante, con los brazos cruzados y una sonrisa cargada de veneno.

—¿De verdad, Santiago? ¿De qué habla? ¿O me vas a decir que tampoco sabes nada? —dijo con sarcasmo, su voz cortante como un látigo.

Santiago giró hacia ella, tratando de mantener la calma, pero sus ojos lo delataron; el nerviosismo comenzaba a tomar el control.

—No, no sé de qué habla, y tampoco sé qué estás diciendo tú.

—Estoy diciendo que todos aquí ya lo están viendo, menos tú. —Natalie lo miró con un brillo de desafío en los ojos.

—¿Por qué mejor no te callas? —advirtió Santiago.

—¡Santiago! —arremetió Camila.

Francisco y Camila percibieron el doble sentido de Natalie y la frustración de Santiago.

—Claro que me callaré cuando les diga que tu amiguito es un homosexual y está enamorado de ti —continuó Natalie, clavándole cada palabra como un dardo.

—Natalie, no hables de lo que no sabes.

De repente, un golpe se escuchó y un grito de Camila estalló. Al Santiago girar, encontró a Lincoln en el suelo y a su padre pateándole el torso con la fuerza de un animal salvaje. Santiago inmediatamente intervino, removiendo a su agresivo padre de Lincoln.

—No me toques —Francisco, asqueado, apartó las manos de su hijo de él.

Camila, preocupada, se arrodilló junto a Lincoln, quien luchaba por rescatar el aire que los golpes le habían quitado. Camila y Santiago ayudaron a Lincoln a levantarse del suelo, y al recuperar el aliento, soltó un grito desesperado y profundo de dolor.

—Saca a ese maricón de mi casa —ordenó Francisco, luego se marchó a su habitación.

—Santi, llévalo a su casa —pidió Camila.

—Santiago, tú no vas a llevar a nadie a ningún lado —ordenó Natalie con un tono firme.

—¡Natalie! —gritó Camila, molesta por su actitud desconsiderada.

—Son novios, ¿no te das cuenta? —gritó Natalie a su suegra con lágrimas en los ojos.

Camila, consternada, agarró a Lincoln del brazo y, al mirarlo, confirmó en su mirada la verdad que tanto temía. Inmediatamente, lo soltó con repulsión.

Cuando Santiago se giró, vio a su madre soltar a Lincoln con gesto de disgusto y confusión.

—¿Lincoln, qué le dijiste? —preguntó con voz firme, pero Lincoln se preparaba para salir.

—Madre, no es cierto, ¿qué te dijo? —preguntó, preocupado de ser expuesto.

—Le dijo la verdad... que eres un maricón —dijo Natalie, entre lágrimas, disfrutando cada palabra.

La visión de Santiago se nubló. La rabia, la vergüenza y la confusión se amontonaron, y, sin pensar, su mano se estrelló contra el rostro de Natalie. El eco de la bofetada retumbó en la habitación, cortando la tensión como una cuchilla afilada. Natalie tropezó, llevándose la mano a la mejilla mientras caía al suelo.

—¡Santiago, no! ¡Está embarazada! —gritó Camila, corriendo para socorrer a su nuera.

Atónito por la noticia y sus acciones, Santiago retrocedió; nunca le había puesto las manos encima a una mujer. El arrepentimiento rápidamente se apoderó de él, pero el orgullo lo mantuvo esclavo de sucumbir. Incapaz de soportarlo y consumido por la sed de venganza, dejó que la ira tomara el control y salió furioso de la casa. Afuera, la nieve caía en copos gruesos. Lincoln, con un dolor intenso en el tórax que apenas le permitía respirar, se alejaba de aquella casa en Astoria y de todo el drama que no había provocado, pero por el que siempre sería recordado. Cada paso que daba intensificaba su agonía, así que recurrió a la ketamina como un escape temporal. Justo cuando todo parecía calmarse, Santiago apareció por detrás y lo empujó con tal fuerza que Lincoln cayó de bruces al suelo, dejando escapar un grito desgarrador, como si le hubieran arrancado las costillas, rotas y sanas. Santiago, sin compasión, colocó su pie sobre el cuello de Lincoln, ejerciendo presión suficiente para inmovilizarlo, pero sin aplastarlo del todo.

—¿Qué le dijiste? —gruñó, su voz cargada de rabia

Lincoln, con dificultad para respirar, no logró articular palabra bajo la presión del pie de Santiago. Desesperado, Santiago apretó con más fuerza, pero Lincoln no mostraba interés en defenderse, lo que solo alimentaba la rabia de Santiago. Finalmente, lo giró con brusquedad para mirarlo cara a cara, desgarrado entre el amor que nunca se atrevió a admitir y el odio que ahora lo consumía.

—¡Dime qué le dijiste a mi madre! —gritó Santiago, con la voz quebrada por la desesperación.

El grito distante de Camila resonó en la noche:

—¡Hijo, no!

La inminente llegada de su madre empujó a Santiago a ejercer aún más presión sobre la zona herida, exigiendo una respuesta.

—¿Qué le dijiste a mi madre?

—Le dije la verdad —jadeó Lincoln.

—¡Maricón! —escupió Santiago en la cara de Lincoln, antes de que su madre lo sujetara por los brazos para apartarlo y llevárselo.

Lincoln, tendido en el suelo, buscó con la mirada la bolsita de ketamina que había perdido en la caída. Al encontrarla, notó que estaba lejos de su alcance. Suspiró, decepcionado, mientras su deseo de quedarse inmóvil competía con la urgencia de consumir la droga. Mientras debatía entre ambas opciones, observó cómo la nieve caía románticamente: lenta y silenciosa. Entre todos los pensamientos que pudo haber tenido en ese momento, uno surgió con un dejo de nostalgia: «Qué noche más bonita para morir». Con el pasar de los segundos, al nivel del suelo, sintió cómo la noche se volvía más fría. El helaje atravesaba su cuerpo, entumiéndole los huesos, y finalmente, calmándole el dolor de sus costillas rotas. El mismo suelo, que antes lo adormecía con una serenidad casi romántica, ahora lo desmembraba lentamente en un ciclo de hipotermia. Lincoln se arrastró hacia la bolsa de ketamina e inhaló parte de su contenido como si su salvación dependiera exclusivamente de ello. Exhausto, tomó su teléfono y ordenó un Uber, resuelto a continuar la noche que para él, aún no terminaba.

Mientras tanto, Santiago regresaba a casa con Camila. En el umbral, Francisco lo esperaba con un cinto de cuero colgando de su mano, evocando viejos recuerdos. La última vez que su padre lo había castigado así, Santiago tenía apenas trece años. Había robado un dólar del cambio de su madre cuando lo enviaron a comprar ingredientes para el almuerzo. Al descubrirlo, Camila confesó la travesura a Francisco, quien lo castigó arrodillándolo sobre tapillas de metal de botellas de Coca-Cola hasta que las rodillas de Santiago sangraron. Los correazos que siguieron marcaron su espalda y piernas durante semanas. Esa fue la última vez que Santiago se atrevió a tomar algo que no le pertenecía.

Ahora, sin embargo, el castigo no era por un acto de desobediencia. Natalie había despertado una duda que Francisco había mantenido dormida por años. Con voz temblorosa, ella afirmó haber visto a Santiago y Lincoln besándose a la salida del baño de un club nocturno que frecuentaban. Francisco, colmado de paciencia y rabia contenida, confrontó a su hijo con una pregunta cuya respuesta desató su furia. Intentó canalizarla en correazos, pero Santiago, esta vez, lo enfrentó con un puñetazo directo al rostro que le rompió la boca y le desajustó un diente, el cual cayó al suelo acompañado de un hilo de sangre. Esa misma Nochebuena, sin rumbo alguno, Santiago abandonó la casa antes de que su padre lo echara. Camila, decepcionada y avergonzada de la naturaleza de su hijo, no se opuso. Y Natalie, sencillamente, rompió con él.

El conductor del Uber que recogió a Lincoln en aquella calle solitaria de Astoria era un guatemalteco de 40 años, que había decidido trabajar en Nochebuena porque no tenía ni mujer ni novia ni perro ni familia con quien celebrar. Al llegar, reconoció al pasajero con una levantada de ceja en respuesta a su mirada inquisitiva. El pasajero estaba agachado, cubriéndose el torso como si estuviese reteniendo el dolor. Instintivamente, salió del carro y ayudó a levantarlo. En el interior del vehículo, Lincoln añoró aquellos días en los que respirar era una tarea tan sencilla como eso: respirar. En medio de su malestar, Lincoln le contó al conductor cómo había conocido a Derrick y cómo, sin razón aparente, lo había perdido. También le relató cómo, por coincidencia, conoció a la mujer que se convertiría en su esposa y madre del hijo de Derrick, quien ahora era su hijo.

—¿Dónde está Derrick? —preguntó el conductor, intrigado y confundido, tratando de seguir el hilo de la historia.

Lincoln encogió los hombros, preguntándose lo mismo.

—¿Y la madre? —insistió el conductor, aún más intrigado.

—Los dos están muertos —respondió Lincoln, con una tristeza profunda en sus ojos.

El conductor estacionó la camioneta de lujo y miró hacia el asiento trasero, buscando los ojos de Lincoln. Esa noche, antes de salir a trabajar, se había mirado al espejo con resentimiento, sintiéndose viejo, solo y feo. Resignado a su fealdad y a su inevitable infelicidad, había agarrado las llaves del coche y salido a la gran ciudad para ganar algo de dinero y sentirse menos solo. Pero, al ver los ojos de Lincoln, no pudo evitar sentir una profunda lástima por él y un agradecimiento infinito por la vida que le había tocado. Antes de salir del coche, Lincoln sacó su bolsita de ketamina y, con respeto, le preguntó al conductor si le importaba que consumiera en su presencia. El conductor no objetó; tampoco respondió con palabras, ya que aún procesaba la historia que Lincoln le había contado.

—Guatemalteco —comenzó Lincoln—, prométeme que nunca consumirás drogas —dijo, aspirando la ketamina como una aspiradora nueva. Había consumido más de lo que debía, pero no lo suficiente como para quedar en un estado vegetal.

—¿Por qué no las deja, amigo? —preguntó el conductor, preocupado.

—Hoy no... mañana sí—respondió Lincoln con una sonrisa fingida, producto del rápido efecto de la droga, mientras observaba la larga fila de hombres entumecidos por el frío, esperando desesperadamente entrar al club nocturno, donde solía trabajar cuando toda esta maldita historia comenzó.

—Debería dejarlo de verdad —aconsejó el guatemalteco con genuina preocupación.

Lincoln, por respeto, lo ignoró. Sacó un pequeño bolsillo de cuero que cabía en la palma de su mano. La abrió, revelando drogas recreativas empacadas cuidadosamente en pequeñas bolsas de plástico. En su interior colocó la bolsa de ketamina y la cerró. Luego, la escondió en su ropa interior, entre sus testículos. El guatemalteco lo miró confundido por aquella extraña acción, pero Lincoln le sonrió, y con simpatía le guiño el ojo. Luego sacó dos billetes de 100 dólares de su billetera y se los entregó al conductor, deseándole una Feliz Navidad. Con esas palabras, Lincoln salió del vehículo, y desde el interior, el guatemalteco lo observó esquivar la fila, atravesando los filtros de seguridad e ingresar por la puerta VIP. Esa noche, el guatemalteco no pudo dejar de pensar en la triste historia de aquel joven tan apuesto y generoso que le arregló la navidad con esos 200 dólares. Con el tiempo, de vez en cuando, lo recordaba con nostalgia.

Afuera del club nocturno, el termómetro marcaba unos gélidos 28 grados Fahrenheit. Nueva York esperaba que, a lo largo de la madrugada, las temperaturas descendieran hasta los -1 grado farhenheit. Mientras tanto, dentro del establecimiento, bajo una atmósfera sofocante y asfixiante, más de 1,000 personas asistían al evento con entradas compradas en línea; otras 150 adquirieron su boleto en la taquilla, y aproximadamente 50 lograron burlar los filtros de seguridad, participando del evento de forma gratuita. Esto hizo que se superara con creces la capacidad máxima del lugar.

Del baño, Lincoln salió luego de haberse surtido con cantidades más que moderadas de drogas con la intención de alcanzar prontamente un estado de intoxicación que le permitiera desinhibirse; a pesar de las circunstancias y la experiencia, no dejaba de ponerse nervioso bajo la lupa de hombres tan creídos y vanidosos. Luego compró una botella de agua y la bebió de un solo trago, sin pausa. Sin muchas expectativas, se adentró en la pista, donde destacó como el único que no se quitó la camiseta, por vergüenza a revelar los moretones alrededor de su cuerpo. Rodeado de desconocidos y atrapado entre el bullicio y la soledad, su mente empezó a divagar. Sacó su teléfono, abrió la aplicación de notas, y comenzó a redactar fragmentos incompletos de pensamientos: «I happened when you saw me...» lo que vino después no tuvo ningún sentido. Sus dedos inútiles y desobedientes, ya no respondían al correcto orden de su cerebro.

El encapsulado aire húmedo, se hacía cada vez más pesado. Desesperado, Lincoln estiraba el cuello por encima de las cabezas, buscando robar una bocanada de aire. Su pecho se comprimía, y sin darse cuenta el teléfono de sus manos resbaló. A las 3:30 de la madrugada, el calor se había vuelto infernal. Apenas capaz de mantenerse en pie y empapado en sudor, Lincoln intentó abrirse paso entre la multitud. Su mente, acelerada y confusa, oscilaba entre la desorientación y una lucidez momentánea que le anunciaba la gravedad de su estado. De repente, unas manos lo sujetaron por los hombros. Sobresaltado, abrió los ojos. Frente a él, una figura masculina, cuyo rostro no reconocía porque se deformaba en su presencia. Al intentar decir algo, la música ensordecedora se lo tragaba. A pesar de que las manos sobre sus hombros se mantenían firmes, el fracaso al no poder comunicarse lo frustraba, sintiéndose encerrado en una cámara lenta. El hombre se inclinó, susurrándole algo incomprensible al oído. El pánico se apoderó de él, y en medio de la confusión, el hombre le dio una bofetada, desesperado por sacarlo de su estado letárgico. Tambaleándose hacia atrás, Lincoln intentó procesar lo que estaba sucediendo, y en el acto, reconoció el rostro preocupado de Santiago.

—¿Santiago? —murmuró Lincoln, su voz apenas un susurro por encima del estruendo.

Instintivamente, se aferró a Santiago en un urgido abrazo, buscando algo sólido a lo que sujetarse. Su agarre era intenso, necesitado. Santiago se tensó, pero no lo apartó.

—¿Qué le dijiste? —preguntó Santiago, aún molesto, recordando las palabras que Lincoln había dirigido a su madre horas antes.

—Lo siento —susurró Lincoln, apretándolo con más fuerza, como si con eso pudiera aliviar el peso de la culpa que cargaba.

—¿Lincoln?

La firme voz de Derrick rompió el momento, interrumpiendo el abrazo. Al reconocer la voz, Lincoln se giró hacia la fuente y allí, sus ojos, confusos y amplios, encontraron la mirada preocupada de Derrick. Inmediatamente, su agarre sobre Santiago se aflojó, mientras su confusión crecía. No estaba seguro de si lo que veía era real o producto de su adulterada imaginación. Al notar los signos de una sobredosis en Lincoln, Derrick, con una fuerza innecesaria apartó a Santiago. Su rostro tenso de preocupación, se inclinó hacia él e inspeccionó sus pupilas.

—¿Estás bien? —preguntó Derrick mientras observaba a Lincoln atrapado en su camiseta empapada, como si se estuviera cocinando vivo.

—Estoy mejor ahora —dijo él convencido de que las palabras habían sido liberadas de su boca, pero al igual que él, permanecían cautivas.

Para ese momento, Lincoln ya había perdido el habla. Sin embargo, reconoció aquellos ojos azules; esos mismos en los que alguna vez se perdió, y esa noche, en su reflejo encontró, pero asfixiándose por la falta de aire. En un acto desesperado, Derrick levantó los brazos de Lincoln para remover la camiseta, pero

Lincoln soltó un grito desgarrador que atravesó el congestionado ruido del club. El pánico en su grito era innegable; los que estaban cerca se detuvieron y miraron. Al darse cuenta que algo no estaba bien, Derrick, instintivamente rompió la camiseta, dejando al descubierto morados repartidos por todo el torso, y uno en forma de mapa en el área de las costillas.

Al Derrick tocar la costilla rota, Lincoln dejó salir otro grito mientras se empinaba buscando desesperadamente una bocanada de aire por encima de las cabezas. El pánico invadió a Derrick, metió la mano en su riñonera y sacó un inhalador verde, y se lo puso en la boca a Lincoln. Lincoln inhaló profundamente, mientras las luces del club parecían estallar en un caleidoscopio de colores que lo envolvía. En ese instante, como un susurro lejano, escuchó la melodía de «The Beauty of Falling,» como si alguien la tocara solo para él. El aire que le robó al inhalador le llenó sus pulmones, y mientras exhalaba profundamente, su mirada encontró nuevamente el rostro de Derrick—casi olvidado entre los recuerdos que nunca dejó morir. Lincoln sonrió, y al soltar aquel aire artificial, su cuerpo se rindió, colapsando mientras el mundo a su alrededor se desvanecía en una oscuridad absoluta.

Esa noche, durante las catorce horas que duró el evento, treinta y cinco hombres fueron llevados inconscientes a la sala de emergencias del club. La mayoría fue tratada y regresó a la fiesta, otros cinco fueron escoltados a la salida.

Pero solo uno de los treinta y cinco fue trasladado en ambulancia, víctima de un ritmo cardíaco crítico, insuficiencia de oxígeno y signos vitales prácticamente ausentes. Los paramédicos, bajo la mirada atónita de los presentes, se vieron obligados a intubarlo después de una sesión de reanimación cardiopulmonar (RCP) que quebró las costillas que tenía sanas. En medio del alboroto causado por la emergencia, DJ Vortex detuvo su famoso playlist durante treinta y cinco segundos.

La confusión se extendió como un virus por la multitud, pero los organizadores lo obligaron a continuar antes de que el caos se esparciera más. De las más de mil personas que asistieron, solo unos pocos fueron testigos del drama que marcó el declive de Lincoln. Aunque en algunos sectores de la fiesta corrió el rumor de que alguien había muerto en la pista de baile, nadie se extrañó, y nadie se dejó arruinar la noche por la lamentable noticia. Ni siquiera Santiago, cuya noche ya había sido arruinada luego de haber decidido abandonar la casa de sus padres, y buscar refugio temporal en la casa de un excompañero de la escuela. Así que para escapar a las desventuras de su noche y callar las voces en su cabeza, decidió asistir a

The Last Party At The Saint, y consumir una que otra droga. De camino al baño, se encontró con la escena de la emergencia. Al acercarse, la curiosidad se mezcló con el ansiedad, al ver a Lincoln—quien no había visto desde ese fatídico momento, horas atrás en la casa de sus padres—

acostado en el suelo. Un equipo de paramédicos lo rodeaba, con rostros concentrados en su labor, mientras tres guardias de seguridad formaban una barrera protectora alrededor de la escena.

—¡Lincoln! —gritó Santiago, su voz cortando el caos, el corazón golpeando en su pecho mientras el miedo se apoderaba de él. Dio un paso adelante, la urgencia impulsándolo, pero uno de los guardias extendió inmediatamente un brazo fuerte, deteniendo su avance.

—¡Es mi amigo! —imploró Santiago, con la desesperación impregnando sus palabras mientras luchaba contra la abrumadora ansiedad.

—¿Tu amigo? —repitió el guardia escépticamente, manteniendo su postura inquebrantable.

—¡Sí! —respondió Santiago con el físico pánico subiendo por su garganta. Sus ojos se ensancharon de horror al ver a los paramédicos realizar compresiones en el pecho desnudo de Lincoln, cada compresión era una carrera contra el tiempo. Oró en silencio, esperando sentir la chispa de vida regresar al cuerpo inerte de Lincoln. A medida que los segundos se estiraban en la eternidad, Santiago sintió como si el mundo a su alrededor se derrumbara, dejándolo solo con el sonido del latido frenético de su corazón. Cuando Lincoln finalmente jadeó por aire, un aliento entrecortado que señalaba su regreso, Santiago exhaló un suspiro de alivio tan profundo que se sintió como renovado. Sin embargo, permaneció ahí de pie junto a la culpa, sin apartar la mirada del cuerpo lastimado, mientras los paramédicos se preparaban para intubarlo.

EN LA NIEVE

«*Nada desaparece realmente hasta que
nos ha enseñado lo que necesitamos saber.*»
Pema Chödrön

ANTES QUE MURIERA LA NOCHE, Lincoln
ingresó en estado crítico al Mount Sinai West
Hospital, registrado bajo su verdadero nombre:
Pastor Sorní. Los médicos lo conectaron a un
ventilador para mantenerlo con vida. Durante
horas, evaluaron cuidadosamente sus lesiones
y los efectos de la sobredosis. A las 10 a.m., un
comité médico determinó que la única opción
era inducir un coma. Necesitaban aliviar la
presión sobre su cuerpo, estabilizar sus órganos
y monitorear su condición crítica.

Santiago, ahora sin abrigo y con una camiseta
ligera, esperaba en los pasillos del hospital,
incapaz de apartar la vista de las pertenencias de
Lincoln que cargaba consigo.

La revelación de su verdadero nombre lo
confundía. En ese momento, Kenny cruzó por su

mente. Sin pensarlo, se dirigió al loft de Lincoln. Al llegar, el silencio del apartamento lo envolvió. Las llaves de Lincoln le habían permitido entrar, y la luz del sol, penetrando los ventanales abiertos, iluminaba la habitación a pesar de los 16 grados Fahrenheit en el exterior. Aunque el espacio no estaba perfectamente organizado, el esfuerzo de Lincoln por mantenerlo limpio era evidente, revelando su intención de cambio. En la habitación principal, Kenny dormía profundamente en su cuna. Tan profundamente, que Santiago sintió una alarma inmediata. El sueño de Kenny siempre había sido ligero. Intentó despertarlo con suaves sacudidas y palabras apremiantes, pero Kenny permaneció inmóvil, atrapado en un sueño tan profundo que parecía ajeno al mundo.

Con el corazón latiendo desbocado, Santiago revisó los signos vitales de Kenny. Eran lentos, pero, ¿cuánto es demasiado lento? ¿Era normal? ¿O era un indicio de que Lincoln había drogado al bebé antes de salir aquella noche? En medio de su pánico, Santiago envolvió al pequeño en una manta gruesa y salió corriendo a buscar un taxi. Regresó al hospital donde Lincoln permanecía en coma. Los doctores examinaron a Kenny con detenimiento. Sus signos vitales estaban bajos debido al reposo. Sin embargo, la severa malnutrición del bebé no pasó desapercibida. Este hallazgo desató una investigación inmediata, que empezaba a revelar una vida marcada por descuidos, excesos y decisiones que ponían en riesgo la vida del pequeño.

Cuando Kenny finalmente despertó, Santiago fue llamado a una reunión con dos doctores y una trabajadora social. Tras revisar minuciosamente el caso de Lincoln y considerando su estado crítico, decidieron mantener al bebé bajo observación durante algunos días más. Santiago, decidido a protegerlo, solicitó la custodia temporal, pero su petición fue rechazada al descubrirse que carecía de los recursos económicos para hacerse cargo del niño. Con determinación, explicó que tenía acceso a un fondo de emergencia de Lincoln y que la herencia de su difunta esposa era suficiente para garantizarle a Kenny una vida cómoda. Los médicos y la trabajadora social intercambiaron miradas de escepticismo. Pero cuando Santiago, impecable en su chaqueta Balenciaga de colección, presentó las pruebas de su cercanía con Kenny —más de cien fotos y videos almacenados en su teléfono, cada una narrando una historia de cuidados y amor—, el ambiente en la sala cambió.

—Siempre he estado ahí para él —dijo Santiago con voz firme, sosteniendo la mirada de la trabajadora social—. Sé que puedo darle lo que necesita.

Ella tomó una pausa, considerando las imágenes y el tono de sinceridad en sus palabras. Finalmente, accedió a otorgarle la custodia temporal, con la condición de realizar una visita domiciliaria para evaluar el entorno en el que Kenny viviría. Santiago, aliviado, sonrió con confianza. Sabía que no había mejor lugar para Kenny que con él, donde estaría a salvo y rodeado de cariño. Lo que nunca imaginó era que, con la llegada del nuevo año, una sorpresa traería y lo cambiaría todo.

El 31 de diciembre, apenas eran las 9 de la mañana cuando RedSaint conducía hacia el norte de Nueva York, entusiasmado, cantando a todo pulmón Missing You de John Waite. El frío de la mañana era omnipresente, pero el cielo despejado auguraba que no habría nieve. Estacionó su jeep frente a un edificio de ladrillo gris que simulaba ser una clínica. Justo en ese momento, como si hubiera sido coreografiado, apareció Derrick, saliendo con una maleta de rodachines y un fólder en la mano. Al verlo, RedSaint sonrió con una mezcla de emoción y nostalgia. En sus ojos brillaba el reflejo de años de amistad y el peso de la larga espera, cargada de una desesperación contenida mientras aguardaba a que Derrick finalmente saliera de rehabilitación.

Derrick levantó los brazos al aire, simulando una señal de victoria. RedSaint salió del jeep, y ambos caminaron con pasos apresurados hasta encontrarse a mitad de camino. El abrazo que compartieron fue tan fuerte que solo se separaron cuando el calor de sus cuerpos comenzó a sentirse a través de las capas de ropa invernal.

—¿Cómo estuvo la prisión? —preguntó RedSaint con su habitual tono sarcástico.

—Mejor que rehab —respondió Derrick.

—¿Te violaron? —RedSaint no tenía filtros.

—No te violan en rehab.

—¿Pero tuviste sexo en rehab? —insistió RedSaint.

—¡No! No se tiene sexo en rehab —replicó Derrick, incómodo.

—Por eso prefiero ir a prisión —bromeó RedSaint, soltando una risa sarcástica mientras buscaba su vape en la guantera. Al encontrarlo, frustrado notó que ya no funcionaba , le pidió a Derrick:

—Pásame la carterita de la guantera.

Derrick obedeció, abriendo la guantera para sacar una pequeña carterita de cuero. Entre sus objetos estaba un inhalador verde, similar al que Lincoln había usado antes de colapsar en el club nocturno. Sacó el vape y se lo entregó a RedSaint.

—¡Fuma! —invitó RedSaint, exhalando una nube de vapor con alivio.

—Estoy bien —respondió Derrick, visiblemente incómodo.

RedSaint notó la desconexión. Ofendido, suspiró, pero prefirió no insistir. Sabía que Derrick siempre traía esa actitud sombría cada vez que salía de rehab.

—¿Ni siquiera te dejan fumar marihuana? —preguntó con una sonrisa burlona, intentando aliviar la tensión.

El silencio que siguió llenó el auto como una nube pesada. Derrick lo rompió con una confesión inesperada:

—Dejaré Nueva York.

La noticia impactó a RedSaint.

Derrick parecía diferente, como si durante su tiempo en rehabilitación hubiese dejado atrás el aire pretencioso de un playboy y el egoísmo de un imbécil. Su voz tenía una nueva humildad, fruto de meses de terapia. Había descubierto una verdad que transformaría su perspectiva de vida para siempre: «La gente no se esfuerza por herir a los demás; se esfuerza por salvarse a sí misma».

Aquella revelación no solo lo ayudó a entender las decisiones de su madre y su abuela, sino también a reconciliarse con las suyas. Pero esa versión de Derrick no encajaba con la de RedSaint, quien siempre había vivido con la frialdad de un robot, medicando sus emociones para mantener una ilusión de felicidad. RedSaint pensó dos veces antes de mudarse de Nueva York, pero finalmente estuvo de acuerdo, con la condición de no mudarse a Texas ni a Florida ni a ningún lugar demasiado caluroso en verano, ya que no soportaba el calor, y con su piel tan blanca, temía achicharrarse.

—Me iré solo —confesó Derrick.

—¡No sobrevivirás sin mí! —replicó RedSaint.

—Esta vez creo que sí lo haré —respondió Derrick, fijando sus ojos en RedSaint con tal seguridad que lo ofendió.

RedSaint frenó el jeep abruptamente, desviándose hacia el arcén. Derrick, conociendo los explosivos arrebatos de ira de su amigo, bajó del auto para evitar un enfrentamiento. RedSaint lo siguió, su rostro más rojo que una furia. Por un momento, RedSaint recordó los años de sacrificios silenciosos: las veces que había abierto las puertas de su casa para que viviera sin preocupaciones, y todo el dinero ofrecido y gastado a cambio de nada. Pensó en las noches en Los Ángeles cuando solían soñar con conquistar el mundo juntos, con su amistad como pilar indestructible. Pero ahora, esa conexión parecía una burla. Todo ese esfuerzo, toda esa lealtad, ¿para qué? Para ser desechado cuando ya no lo necesita.

—¿Me vas a dejar aquí? —preguntó RedSaint, con una mezcla de incredulidad y rabia contenida.

Derrick no respondió, pero recordó vívidamente la última vez que RedSaint lo abandonó. Fue la noche del incidente con Kia, cuando llegó a casa tambaleándose, bajo los efectos de euphorix y otras sustancias. Encontró a Derrick acurrucado en una esquina del dormitorio, con las manos cubriendo su rostro, mientras el cuerpo sin vida de Kia descansaba sobre la cama. La escena era un rompecabezas imposible de armar. La reacción de RedSaint fue inmediata. Sin palabras, comenzó a empacar las cosas de Derrick con manos temblorosas pero decididas, lanzándolas al pasillo como si estuviera exorcizando un fantasma. «Lárgate,» le dijo, con una mezcla de rabia y desesperación en su voz. Derrick, paralizado, apenas entendió lo que ocurría. No fue hasta horas después, desde la sombra de un árbol frente al edificio, que comprendió. Observó cómo RedSaint, de pie en la puerta, recibía a los paramédicos, interpretando el papel de un amante con el corazón roto, mientras cargaban el cuerpo de Kia. Esa noche, RedSaint asumió toda la responsabilidad, dejando a Derrick con una deuda emocional que

RedSaint nunca cobró, pero que Derrick cargó como un peso invisible que ni con todo el dinero y el oro del mundo podría saldar.

Volviendo al presente, Derrick miró a RedSaint, pero no encontró las palabras para explicarle que el momento de separar sus vidas había llegado.

—No puedo quedarme en Nueva York —dijo finalmente, avergonzado, evitando mirarlo a los ojos.

Derrick había considerado muchas razones para irse, pero encontró sólo una para quedarse, que al final terminaría destruyéndolo.

—Entonces nos vamos juntos —replicó RedSaint, buscando aprobación en sus ojos.

Derrick permaneció callado, luchando con un doble nudo en la garganta. RedSaint había sido el mejor de los amigos y el peor de los cómplices. Desde el día en que lo conoció, antes de cumplir los veinte, había estado allí, transformando su vida de maneras que Derrick nunca imaginó. Fue él quien lo llevó al set de grabación de Under The Brooklyn Bridge, convenciendo a los productores de que Kenny, un desconocido adolescente, podría reemplazar a la estrella fallecida. Fue él quien pagó su boleto de avión desde Nueva York a Los Ángeles, sacándolo de la opresión de su abuela. Fue él quien lo introdujo al lujo y la opulencia, enseñándole cómo navegar un mundo tan seductor como peligroso. Pero también fue RedSaint quien lo llevó al fondo. El mismo amigo que lo salvó, lo hundió. Las drogas, la vida nocturna, las decisiones precipitadas...

Todo lo bueno y lo malo que Derrick era se lo debía a RedSaint. Y por eso, a pesar de todo, nunca podría perdonarlo.

—Tú y yo... no, ya no puedo —dijo al fin, Derrick, con una firmeza que a RedSaint le pareció una puñalada por la espalda.

El rostro de RedSaint se endureció. Dio un paso hacia él, su mirada cargada de reproche, y por un instante, Derrick pensó que iba a golpearlo. Pero se detuvo, su rabia transformándose en algo más: un dolor profundo.

—¿Por qué? ¿Porque tú eres mejor que yo? —preguntó, con una risa amarga—. Porque no lo eres, Derrick Passeri. ¡Eres un ladrón! ¡Y un asesino!

Derrick lo miró, incrédulo, como si hubiera recibido una bofetada.

—Fue un accidente —dijo, en un tono defensivo.

—No, un accidente es cuando chocas el auto, o cuando olvidas las llaves en casa. Lo tuyo, Derrick, no fue un accidente. Fue cobardía. ¿Sabes qué es un accidente? Que tu mejor amigo, casi hermano, el que ha compartido toda su puta vida contigo, tenga que limpiar tu desastre, cargar con un cadáver y mentirle a un juez para salvarte el culo. Para que tú te embolsilles 1.5 millones de dólares. ¿Y qué recibí a cambio?

Derrick giró la mirada hacia otro lado.

—Nunca te pedí que hicieras esas cosas por mí —murmuró, avergonzado.

RedSaint soltó una carcajada seca.

—No hubo necesidad, imbécil —espetó, su voz quebrándose al final—. Pero ya veo que para ti no significó nada.

Dio media vuelta hacia el auto, pero se detuvo a mitad de camino, como si aún tuviera algo más que decir. Giró la cabeza hacia Derrick, su expresión una mezcla de furia y dolor.

—Eres un mentiroso. Siempre pensaste que eras mejor que yo, pero yo construí todo para ti. Te di un hogar. Te di un futuro. No eres nada sin mí, Derrick Passeri. ¡Nada! Y por donde sea que camines, siempre caminarás bajo mi sombra.

Derrick calló, porque cualquier cosa que RedSaint dijera, era la verdad.

—Ahora vete y muere solo, maldito ingrato —escupió RedSaint, antes de girarse hacia el auto y cerrar la puerta de un portazo. El motor rugió cuando RedSaint arrancó, pero, a pocos metros, frenó en seco junto a Derrick. Bajó la ventana del jeep y lo miró con una mezcla de desprecio y amargura, como si hubiera guardado un golpe más que no podía dejar pasar.

—¿Recuerdas a Lincoln, el limpiador de baños? —soltó, su voz impregnada de veneno—. Se está muriendo. Agrégalo a tu portafolio, cabrón.

Derrick se quedó congelado, la sangre abandonando su rostro. El impacto de aquellas palabras lo atravesó como una bala. Sin poder procesarlo del todo, corrió hacia el jeep, buscando una explicación, una pista que desmintiera lo que acababa de escuchar.

—¡Red! ¡Espera! ¿Qué quieres decir? —gritó, su voz quebrándose por la desesperación.

Pero RedSaint no respondió. Cerró la ventana con un movimiento rápido y arrancó, dejando una nube de polvo tras de sí. Derrick corrió unos pasos tras el vehículo, su mente luchando por entender, por aferrarse a algo que pudiera deshacer el peso de aquella revelación. Pero el Jeep desapareció en la distancia, y con él, cualquier esperanza de obtener respuestas. Derrick se quedó en el arcén, con el viento helado golpeándole la piel, abandonado. Y, sin embargo, sintió una extraña liberación. Era una sensación ajena a su naturaleza inquieta, una quietud que, aunque efímera, prometía algo más grande. Tal vez paz, pensó, aunque todavía no sabía cómo sostenerla. Pero el momento se desvaneció tan rápido como llegó, interrumpido por el eco de las palabras de RedSaint: «Se está muriendo.» La urgencia lo envolvió como una manta pesada. No podía permitirse mirar hacia otro lado. No esta vez. Desde el asiento trasero del Uber que finalmente lo recogió, Derrick comenzó a descifrar las piezas del rompecabezas. RedSaint no era alguien que prestara atención a detalles insignificantes, mucho menos a personas que no formaban parte de su mundo cuadriculado. Si sabía algo tan grave sobre Lincoln, solo podía ser porque lo había presenciado. Un desastre público. Algo imposible de ignorar, incluso para RedSaint.

El frío de la mañana se filtraba a través de las ventanas del Uber, pero Derrick no lo sentía.

Su mente ya había regresado a Nueva York, recorriendo las calles familiares de su memoria mientras el coche avanzaba lentamente entre el tráfico. Cada esquina y cada edificio reconocible eran recordatorios punzantes de todo lo que había perdido... y de lo poco que le quedaba por salvar. Pensó en los únicos lugares donde RedSaint y Lincoln podrían haberse cruzado. Quizá El Calabozo de Dean, el sitio donde RedSaint llevó a Lincoln al sótano y lo encontró en un columpio sexual, marcando la última vez que ambos se vieron. O tal vez alguna fiesta masiva en Hell's Kitchen, ese epicentro de clubes y sótanos donde las luces estroboscópicas y el ritmo ensordecedor ocultaban tragedias hasta que ya no podían ser encubiertas. Intentando conectar las piezas, Derrick llegó a una conclusión lógica: si algo había ocurrido, seguramente fue en Hell's Kitchen, y, en consecuencia, debieron haberlo llevado al hospital mejor equipado del área: Mount Sinai West. Llamó al hospital, pero la recepcionista le repitió dos y tres veces que no había ningún paciente registrado bajo el nombre de Lincoln. Al colgar, insatisfecho pero convencido de que la mujer no había revisado bien, Derrick recordó las palabras de RedSaint: «Agrégalo a tu portafolio, cabrón.» El mensaje era claro. Si Lincoln moría, serían dos: Lincoln y Kia. Ambos por sobredosis. Decidió ir directamente al hospital.

Al llegar, preguntó nuevamente por Lincoln, pero la recepcionista insistía en que no había ningún paciente registrado con ese nombre. Derrick lo describió, pero aun así no servía de gran ayuda. Justo entonces, Santiago salía de la sala de urgencias y escuchó la frustrada conversación de Derrick con la recepcionista.

—¿Estás buscando a Lincoln? —preguntó Santiago, acercándose.

Derrick lo miró, y al notar su acento y sus rasgos latinos, asintió con rapidez.

—¿Lincoln Sorní? —preguntó Santiago, asegurándose.

—¿Lo conoces? —replicó Derrick, sin saber realmente el apellido de Lincoln, pero aferrándose a una esperanza como si acabara de encontrar algo perdido hacía mucho tiempo.

—Lo conozco —respondió Santiago, estudiándolo detenidamente—. Pero, ¿quién eres tú?

—Soy Derrick —dijo, extendiendo la mano hacia Santiago.

Santiago no pudo, ni intentó, disimular su sorpresa. Había leído los escritos de Lincoln y se había convencido de que él mismo era el Derrick al que Lincoln mencionaba en sus textos, el hombre que inspiraba cada palabra. Ahora, frente a este Derrick real, se sintió traicionado y desilusionado.

—¿Cómo conoces a Lincoln? —preguntó, su tono frío y calculador.

—Un viejo amigo —respondió Derrick, cortante—. ¿Qué le pasó?

—¿Eres su amante? —Santiago preguntó sin reservas.

—¿Eso te dijo? —replicó Derrick, sonriendo, intentando mantener la compostura.

Santiago lo miró, intentando descifrarlo. Había una emoción en el aire, que aunque pudo ser tangible, era imposible de nombrar.

—¿Qué le pasó? —insistió Derrick.

———

Momentos después, la mirada de Derrick permaneció fija en la radiografía de las costillas rotas de Lincoln, mientras la Dra. Shiowanna explicaba con detalle los factores que habían exacerbado el rápido declive de su salud. La sobredosis, la costilla rota sin tratar y la falta de oxígeno en el lugar del incidente habían agravado la situación. Derrick apenas escuchaba, perdido en sus propias conclusiones. Recordó otra noche de invierno, tan fría como esta, cuando había encontrado a Lincoln en aquella parada de autobuses, inconsciente y vulnerable, abandonado a la merced de la oscuridad.

—¿Se va a morir? —preguntó abruptamente, interrumpiendo el reporte de la doctora.

La Dra. Shiowanna se paralizó un momento antes de responder.

—Estamos haciendo todo lo posible...

—Esa no fue mi pregunta —replicó Derrick, cortante.

La doctora lo observó con atención, comprendiendo que estaba frente a alguien que valoraba las respuestas directas y cortas.

—¿Cree usted en Dios, Mr. Passeri?

La pregunta lo transportó al momento en que perdió la fe, mucho antes de la muerte de su madre. Fue el día en que ella lo dejó en la casa de su abuelo—el padre de ella— un hombre al que jamás había visto, pero del que lo sabía todo gracias a los relatos amargos de su madre. Ese día, por necesidad, su madre prometió que regresaría por él antes del anochecer. El abuelo, poco interesado en él, decidió no entretenerlo; así que continuó con su día ignorándolo por completo, pero la inquietud de Kenny, aburrido pero con la audacia propia de un niño, interrumpía su lectura. Para su sorpresa, el abuelo, con una ligera sonrisa, le ofreció dinero a cambio de que leyera. Kenny aceptó, pero al intentarlo, quedó en evidencia que no sabía leer. Ese momento torpe e inesperado, terminó creando un vínculo entre ambos. El abuelo dedicó el resto de la tarde a enseñarle a leer, como si hubiera encontrado un propósito. A la mañana siguiente, Kenny despertó, pero su abuelo no. En su desconcierto, rogó a Dios que le devolviera a su abuelo o le regresara a su madre. Pero las plegarias no fueron escuchadas, porque a donde sea que hayan ido, ninguno de los dos regresó. Desde entonces, Kenny decidió no volver a molestar a Dios con sus asuntos.

¿Creía Derrick en Dios o no? Derrick no contestó la pregunta, y no hizo falta. En su rostro era obvio que su relación con Dios había culminado, y no tenía intenciones de retomarla.

Santiago, revisando su reloj, interrumpió el silencio.

—Mierda, tengo que ir a recoger a Kenny. ¿Te quedas o vienes conmigo? —preguntó, mirando a Derrick.

—¿Kenny? —repitió Derrick, con un tono que revelaba su confusión.

La Dra. Shiowanna intervino, manteniendo un tono firme y profesional.

—Santiago, con el bebé, no puedo garantizarte la visita a Pastor.

Derrick frunció el ceño al escuchar el nombre.

—Su nombre es Lincoln —corrigió Derrick.

—En realidad, su nombre es Pastor Sorní —confirmó Santiago.

La confusión de Derrick creció aún más.

—¿Y quién es Kenny? —preguntó, cada vez más desconcertado.

—El hijo de Pastor —respondió Santiago, con un leve sarcasmo.

Derrick se quedó boquiabierto, incapaz de procesar lo que acababa de escuchar.

———

La noche cayó antes de las cinco de la tarde. Kenny estaba despierto y animado en los brazos de la trabajadora social, quien había cuidado de él como si fuera su propio hijo. Para la noche de Año Nuevo, Santiago asumiría oficialmente la custodia de Kenny hasta que Lincoln despertara del coma o hasta que su caso se resolviera. El niño se aferró a Santiago, pero sus ojos no se apartaban de Derrick. Lo observaba con una intensidad que iba más allá de la simple curiosidad, como si buscara algo familiar en el rostro del hombre frente a él. Derrick, sintiendo la mirada persistente de Kenny, comenzó a inquietarse. Aunque intentaba evitarlo, sus ojos azules y grandes como los suyos se volvían más invasivos. El pequeño parecía tratar de reconocer algo que no lograba precisar. Santiago observaba en silencio la conexión que parecía formarse. Derrick, por su parte, experimentaba una incomodidad desconocida, un hormigueo en el estómago que lo desconcertaba. El niño despertaba en él un extraño sentimiento que nunca antes había despertado por otro ser humano. Finalmente, Kenny esbozó una sonrisa. En ese gesto, algo dentro de Derrick se estremeció, tocando una fibra muy profunda de su ser.

—¿Planes para esta noche? —preguntó Santiago mientras ambos caminaban hacia la salida del hospital.

—No —respondió Derrick, reflexionando sobre el hecho de que, por primera vez en años, no tenía planes para la víspera de Año Nuevo.

—¿Dónde vives?

—No muy lejos de aquí.

—Nosotros estamos en SoHo. Si quieres, puedes venir.

—¿SoHo? —Derrick alzó una ceja, sorprendido.

—Es el lugar de Lincoln —aclaró Santiago.

—¿Lincoln, el mismo Lincoln que no se llama Lincoln, sino Pastor, y tiene un hijo que se llama Kenny?

—También es viudo —añadió Santiago, como si fuera un detalle más—. Su esposa se ahogó la noche de su boda.

Derrick respiró hondo, tomando un momento para asimilar toda la información.

—Pastor... —murmuró, probando cómo sonaba el nombre en sus labios. Tras un silencio, preguntó—: ¿Tenía Pastor problemas con las drogas?

Santiago suspiró, dejando que la verdad se reflejara en su mirada. Derrick se giró, como si una nueva idea cruzara por su mente.

—¿Dijiste que su apellido es...?

—Sorní —confirmó Santiago.

—Pastor Sorní... —repitió Derrick, buscando en su memoria dónde había escuchado ese nombre antes. Sacó su teléfono y, alejándose unos pasos, realizó una llamada.

—Hola, Ryan. No te quitaré mucho tiempo. ¿Podrías confirmar si el paciente que debía estar a mi cargo pero nunca se presentó es Pastor Sorní?

Como parte de su rehabilitación, Derrick debía guiar a nuevos pacientes, una práctica que, según Ryan, consolidaría su propio proceso de recuperación. Aunque Derrick aún no tenía la antigüedad suficiente, Ryan había insistido en que sería beneficioso para él.

—Dame un segundo —respondió Ryan, revisando los expedientes—. Sí, es correcto.

—¿Podrías enviarme su foto?

—¿Qué sucede? —preguntó Ryan, extrañado.

—Solo envíamela, por favor. Es urgente.

Colgó la llamada y esperó, con la mirada fija en la pantalla de su teléfono. Los puntos de composición aparecieron, seguidos de la imagen de Lincoln, extraída del expediente. Sin necesidad de ampliarla, lo reconoció mientras se le formó un nudo que iba desde la garganta hasta el boca del estómago.

—¿Vienes? —preguntó Santiago.

—Prefiero quedarme, pero muchas gracias —respondió Derrick.

Cuando Derrick entró en la habitación de Lincoln, una atmósfera cálida lo envolvió. La luz tenue suavizaba las sombras, proyectando un aire íntimo. Sus ojos recorrieron el cuerpo, cubierto con una manta, hasta detenerse en su rostro. La textura clara de su piel contrastaba con el desorden de su cabello oscuro. Las largas pestañas proyectaban sombras sobre sus mejillas, y sus labios, aunque cerrados, parecían pedirle un beso. Era un rostro sereno, con una belleza que parecía inalcanzable. Derrick suspiró, envuelto en una melancolía que lo sorprendió. Al sostener la mano de Lincoln, sintió un apretón débil pero firme.

—¡Me apretó! —dijo, su voz llena de emoción.

—Él sabe que estás aquí. Háblale —dijo la Dra. Shiowanna, esbozando una sonrisa.

Derrick dudó. Hablarle a Lincoln en presencia de otra persona se sentía demasiado íntimo. Sin embargo, se quedó a su lado, observándolo en silencio, donde más cómodo se sentía.

—Es un hombre muy bello —dijo la Dra. Shiowanna, rompiendo el hielo y sumándose al silencio contemplativo de Derrick.

—Desde el primer día —respondió él, sin titubear.

El recuerdo lo transportó al tren, a ese instante en que lo vio por primera vez: la cabeza gacha, siendo regañado por su amigo, que también vestía el traje de Hombre Araña, pero tenía la cabeza cubierta. Derrick no sabía entonces que ese amigo era Santiago. La imagen de Lincoln, vulnerable pero llena de vida y una juventud radiante, quedó grabada en su memoria, como si en ese preciso momento algo irreversible hubiera comenzado.

—Y muy inteligente, ¿sabías que era escritor?

—Alguna vez mencionó que quería escribir una novela.

Antes de Derrick terminara la oración, Dra. Shiowanna puso al lado de Derrick un manuscrito de algunas 80 páginas. Derrick, intrigado, leyó la página que cubría el manuscrito: El hombre que adoré, acompañada de notas de las enfermeras y los médicos que se tomaron el tiempo de leerlo. Mensajes como:«Eres un talento, pequeño», «Qué hermosa historia, qué escritor» y «Leer tu trabajo es mejor que ver una película» llenaban los márgenes. Otros escribieron: "Por favor, vuelve, quiero leer más de ti», y «Has tocado algo profundo. Gracias. Dra. Shiowanna».

"En todos los aspectos, no era un hombre sencillo, ¿y cómo podría serlo?" recitó ella.

Derrick la miró, perplejo.

No cabía duda de que Lincoln se había convertido en el paciente favorito de la unidad de cuidados intensivos. En numerosas ocasiones, Santiago había suplicado a la doctora Shiowanna que le diera un trato especial—no solo por su juventud o el hijo pequeño que lo esperaba, sino porque Lincoln era un escritor prometedor que merecía la oportunidad de ser descubierto.

La Dra. Shiowanna, a sus 46 años, había pasado por dos divorcios que terminaron en tribunales. Tenía dos hijos, pero uno de ellos la había rechazado—un rechazo que ella misma había provocado al no aceptar su orientación sexual. Su único amigo fiel, un viejo retriever dorado que había estado a su lado durante más de dos décadas, finalmente necesitaba cuidados constantes. Había reducido sus horas en el hospital para dedicarle más tiempo, pero la soledad y la ansiedad la llevaron a tomar una decisión desgarradora: poner a dormir a su amado animal.

Santiago, reconociendo el talento de Lincoln, imprimió una copia de El hombre que adoré, y en un descuido deliberado, metió el manuscrito en su bolso con una nota que decía: En los hospitales, la gente muere todos los días. Los escritores como Lincoln, no tan a menudo.

Cuando la Dra. Shiowanna encontró el manuscrito metido en su bolso, sus ojos se detuvieron en el nombre: Lincoln (Pastor Sorní). Dudó en seguir leyendo, pero el título El hombre que adoré, la inquietó. Había adorado a muchos hombres en su vida, pero todos la habían decepcionado. Aun así, las primeras líneas la atraparon al instante: «En todos los aspectos, no era un hombre sencillo, ¿y cómo podría serlo?»

La Dra. Shiowanna no odiaba a su hijo gay, pero en momentos de quietud, se encontraba cuestionando a Dios, el por qué precisamente a ella le había tocado un hijo gay en lugar de uno heterosexual, deportista y rompecorazones. Sentía una envidia retorcida hacia las madres con hijos rebeldes y nueras difíciles. Sus propios hijos no le causaban grandes problemas— excepto el gay, que un día lluvioso la miró fijamente a los ojos, y le dijo: «O me aceptas por lo que soy, o vete a la mierda.» Ella les había enseñado a sus hijos a ser impecables con sus palabras. Claramente, habían aprendido bien— especialmente él. Aun así, no podía dejar el manuscrito de Lincoln. La prosa era tan vívida, tan cruda, que el mundo fuera de esas páginas se desvaneció en una memoria casi olvidada. Cuando terminó de leer, con la mente llena de emociones, instintivamente llamó a su hijo. No contestó, y gracias a Dios que no lo hizo, pensó. El hombre que adoré, la había tocado en un nivel para el que no estaba preparada.

Cuando Derrick se encontraba parado en silencio frente al cuerpo sedado de Lincoln, casi todos en su unidad ya habían leído el manuscrito. Y, como ella, no podían dejarlo ir. Derrick parecía confundido después de que la Dra. Shiowanna recitara: «En todos los aspectos, no era un hombre sencillo, ¿y cómo podría serlo?» En sus ojos, ella vio un destello de desconocimiento—

no tenía idea de El hombre que adoré, y mucho menos de que pudiera ser la inspiración detrás de esas páginas. Su intuición le susurraba que probablemente no tenía ni idea de que Lincoln era un escritor. Justo cuando consideraba explicarlo, una enfermera la interrumpió, pidiendo su ayuda en otro lugar.

—¿Puedo quedarme esta noche? —preguntó Derrick mientras ella se daba la vuelta para irse.

—¡Por supuesto! —contestó ella antes de partir, dejándolo solo con el manuscrito y la serena compañía de su autor.

Derrick tuvo la oportunidad de observarlo y no solo verlo, de acercarse, de hablarle. Pero no lo hizo. Esos gestos no estaban en su naturaleza. Tuvo dudas de leer el manuscrito. Finalmente, dio vuelta a la página, revelando la segunda, y comenzó a leer:

En todos los aspectos, no era un hombre sencillo, ¿y cómo podría serlo?...

¿Cómo debería empezar a contarte mi historia?

Quizás debería comenzar con el día en que fui equivocadamente puesto, y luego arrojado como un corcho desde el vientre de mi madre.

O quizás, mejor, debería comenzar con el día en que lo vi por primera vez. La vida se reducía a nada antes de él, y lo fue todo, un segundo después...

Un recuerdo surgió: la voz de Lincoln, una promesa silenciosa hecha una noche. «Un día, escribiré algo para ti, y lo leerás...» Las palabras en la página trajeron ese momento de vuelta con claridad, un susurro de Lincoln que parecía atravesar el tiempo, acortando el silencio entre ellos. Por primera vez en mucho tiempo, Derrick sintió la presencia de Lincoln tan viva, como si las palabras en el papel fueran respiraciones tomadas solo para él. Y con eso, casi convencido de adentrarse en el manuscrito, Derrick se sentó.

Afuera, la ciudad de Nueva York brillaba, bulliciosa como siempre en cada noche de año nuevo. A solo unas cuadras, miles se congregaban para presenciar la caída de la bola en Times Square. Sin embargo, desde la ventana de Lincoln, la vista se sentía privada, tranquila, casi sagrada.

Antes de abrir el manuscrito, Derrick solo había leído un libro en toda su vida: Anna Karenina. Aunque no lo entendió del todo, siempre recordaba la desventura de Anna. Mientras sus ojos recorrían las líneas del manuscrito, algo en su interior se asentó con una determinación inesperada. Esa noche, sentado junto a Lincoln, le prometió en silencio, que al despertar, le leería la historia de Anna.

Cuando lo vi por primera vez, cortaba los limones después de haber recogido la basura. A pesar del frío invierno afuera, adentro, yo sudaba como un puerco. Debí haber olido a sudor, pero olía a otra cosa—a semen, al fétido olor de la pubertad.

Él no olía a pubertad, porque era un
hombre, y los hombres no huelen a
semen. Los hombres huelen a hombres.

Esa noche me corté el dedo por estar
mirándolo, y con gusto me habría
cortado la mano entera, si hubiera
podido poseer la parte más ínfima
de él...

Derrick, quien recordaba esa noche con lujo
de detalle, sintió una incomodidad punzante,
acompañada de una sonrisa. Aquellas líneas con
descripciones explícitas le erizaban la piel.

...no importa qué tan grande o tan
pequeño sea, y sin importar su edad,
todo niño debería tener héroes. Yo
nunca los tuve, porque aquellos
destinados a protegerme, gastaron
toda una vida aprendiendo a
protegerse a ellos mismos, y en el
arduo intento, fracasaron.

Cuando yo conocí a mi héroe, la noche
era más fría que esta, y aunque ya
era muy viejo para ser niño, aún era
muy joven para ser un hombre.

Si la memoria no me falla, seis
hombres me arrastraron a la noche
negra. Ojalá pudiera recordar lo

que sucedió, pero puede ser que haya
perdido la memoria o simplemente
olvidé recordar.

Pero sea lo que sea, infinitamente lo
agradeceré, porque solo en la caída
conocemos a nuestros héroes, y yo al
mío lo conocí en la aurora de aquella
noche negra...

Derrick no pudo reconciliarse con el escrito, pero encontró respuestas a la intriga que desde hacía tiempo lo atormentaba: la versión de Lincoln sobre lo ocurrido aquella noche. Aunque sospechaba que la memoria de Lincoln podría estar nublada por la gran cantidad de drogas ingeridas, los detalles específicos que mencionaba sobre los seis hombres, lo llevaron a concluir que, en efecto, tenía plena conciencia de la violación. Sin embargo, había reinterpretado el crimen bajo un concepto menos peyorativo, transformándolo en algo más dramático y profundamente personal. Así que cerró el manuscrito tan rápido como pudo, sin querer leer más.

Desde el día en que planeó el acto brutal de infligir dolor a Lincoln de la forma más despiadada que conocía, sin ninguna razón aparente, y en compañía de sus cómplices, Derrick había intentado, sin éxito, perdonarse a sí mismo. Sin embargo, su limitada inteligencia—para esos tiempos, un montón de neuronas cocinándose a fuego lento en una freidora—le reveló que, para perdonarse, primero debía pedirle perdón a Lincoln. Pero su ego era más grande que sus buenas intenciones, y de allí no obtuvo más que un cerrojo adicional para su celda, que con el tiempo le había demostrado una lealtad incondicional y una crueldad implacable. Avergonzado de su irracional comportamiento, se vio obligado a regresar a las páginas, porque a pesar de no querer saber nada, necesitaba saberlo todo.

Si no te han traicionado, entonces no has vivido lo suficiente.

Si no has estado verdaderamente enamorado, entonces es porque nunca te han lastimado.

Cuando se vive en las nubes, no se piensa en el infierno; pero cuando se vive en el infierno, solo se sueña con dar un paseo por las nubes.

Ese día, yo estaba en las alturas. Él estaba abajo, en algún lugar cerca del infierno, colgado de un columpio como un cordero sagrado a punto de ser sacrificado.

No me gusta pensar que fueron seis. No pude contarlos por la maldita

oscuridad, porque aunque era de día, allí abajo, siempre es de noche.
Cuando mis ojos se cruzaron con los suyos, en medio de aquel hastío, por primera vez no me sentí perdido. Aun así, deseé que él estuviera en peligro, solo para salvarlo. Pero los hombres como el hombre q adoré son solo un peligro para ellos mismos.

Nunca dijo que me amaba, no porque no lo sintiera, sino porque no podía.

Prefería amarme en silencio, porque la única vez que lo gritó, sin querer, me destruyó.

La última línea: «Prefería amarme en silencio, porque la única vez que lo gritó, sin querer, me destruyó,» resonó en la cabeza de Derrick, clavándose como dardos en los rincones más oscuros de su memoria. Cada palabra del manuscrito se incrustaba en su mente como un tatuaje, removiendo capas de recuerdos que él creía enterrados para siempre. Las náuseas se apoderaron de él al revivir aquellos días vergonzosos en los que sufragaba sus deseos más pretenciosos y furtivos bajo la luz roja de un letrero que decía "Exit," en el anonimato de un mundo subterráneo que nunca dormía. Allí, en esos espacios donde las tragedias convergían, la vida no se reparaba, solo se deterioraba.

Buscando un escape del peso abrumador de su introspección, Derrick dirigió la mirada hacia la ventana.

Afuera, la multitud emocionada esperaba la llegada del Año Nuevo. Cada segundo era contado con júbilo, una esperanza colectiva que contrastaba brutalmente con el vacío que sentía por dentro. Pero para Derrick, no había motivo de celebración. Encerrado en su habitual soledad, su única plegaria era que la media vida que reposaba en la cama frente a él no se desvaneciera entre sus dedos. Se giró hacia la figura inmóvil sobre la cama, el rostro parcialmente iluminado por la tenue luz de la habitación. La respiración sintética resonaba con un ritmo constante, pero agotado, un recordatorio inquebrantable del tiempo. Con un susurro casi inaudible, cargado de un sentimiento profundo y desgarrador, repitió:

—Prefería amarme en silencio, porque la única vez que lo gritó, sin querer, me destruyó.

Las palabras flotaron en el aire antes de desvanecerse, dejando tras de sí una atmósfera pesada y cargada de significado. Derrick cerró los ojos y se permitió, por primera vez, aceptar lo que tanto tiempo había evitado: el amor que había recibido y desperdiciado, y el que nunca tuvo el coraje de expresar. Cada recuerdo, cada decisión, cada silencio, lo perseguía como un eco que no cesaba. La pregunta no era si lo había amado; era si aún quedaba tiempo para amar.

Si mi madre supiera que me casé
con una mujer, seguro lo habría
publicado en el periódico del pueblo.
Y, cuando ya a nadie le importara,
lo habría enmarcado y colgado en la
sala junto al cuadro de mi padre...
Y si mi madre supiera que me casé
con una mujer con más dinero que el
alcalde, seguro que ahora sí querría
ser mi madre. Pero yo ya no quiero
ser su hijo.

Cuando descubrí que K era su hijo—no
de mi madre, sino de él—su hijo ya
era mío.

Aunque mi esposa nunca anheló un bebé,
yo soñaba con uno que se pareciera
a él.

Bendecida ha de ser la carne amarga,
pues, sin querer, terminé siendo el
padre de su hijo.

¡Oh, pobre esposa mía! Que me amó con
tan ciega devoción.

Prefiero pensar que, más que amarme
a mí, amó todas mis partes rotas,
y en su intento de recomponerlas,
terminó rompiéndose ella.

¡Ay, Dios mío! Qué cruel es la muerte
cuando nos abandona en la penumbra
y nos deja a merced de tantas
preguntas rotas.

Derrick leyó nuevamente: «Bendecida ha de ser la carne amarga, pues, sin querer, terminé siendo el padre de su hijo.» Cada palabra se sentía como una bofetada, una burla cruel. «¿El padre de su hijo? ¿De qué está hablando, Lincoln?», pensó, incapaz de encontrar sentido alguno. Kenny. Su cabello rubio y sus ojos grandes y azules como los suyos... ¿Una coincidencia? Derrick sacudió la cabeza, como si el simple movimiento pudiera disipar los pensamientos que comenzaban a formarse. No puede ser posible. Era una idea tan absurda que casi le arrancó una risa amarga, pero algo en el fondo de su pecho lo mantenía inquieto, como una espina en el galillo. Por mucho que intentara racionalizarlo, las palabras de Lincoln sobre el manuscrito permanecían, tercas e inamovibles. Lincoln mentía. Tenía que estar mintiendo. Pero ¿por qué? ¿Qué ganaba con inventar algo tan absurdo? ¿Intentaba manipularlo, incluso ahora, desde aquella cama? ¿O simplemente estaba delirando, atrapado en el caos de sus deseos reprimidos y los efectos de las drogas? Derrick quería creer que se trataba de un delirio, una ficción. Pero haber visto a Kenny en carne y hueso... esos ojos, ese cabello... lo hacían dudar. El manuscrito temblaba ligeramente en sus manos. ¿Y qué tal si...? Derrick descartó el pensamiento antes de que pudiera completarse, como si siquiera considerarlo fuera peligroso. Pero la duda ya estaba allí, creciendo como una ameba, alimentándose de su incertidumbre.

Creerás que tocar fondo sucede una
vez, y ¡pum! estás roto en pedazos.
Pero, ¡no es así!
Cada mañana, me despierto con la
noche... y pienso: Tal vez hoy será
el día en que encuentre mi salida, o
mi entrada... Tal vez hoy será el día
en que todo cambie, y al final, nada
cambia.

Solo más de lo mismo.

Yo solía saber lo que quería.

Descuidé mis heridas para cambiarlas
por unas nuevas.

Gasté mis días enteros perdido en
la ketamina, que con el tiempo,
me rentaron una ansiedad y una
adicción que hoy me cuestan más de
lo que puedo permitirme.

Con tinta negra, lleno páginas
enteras.

Le hablo a solas en mis noches y en
mis días, que también son mis noches.

En la espera de una respuesta, no me
quedo en silencio, sino con su voz,
al menos con algún soplo del viento.
Pero en esta casa hace mucho tiempo
que ni el viento se asoma.

En la ciudad, la gente muere todos los días.

Uno de estos días romperán la puerta de mi casa y me encontrarán sin vida en alguna esquina donde solía consumir la ketamina, mientras le hablaba y le escribía las memorias de mi vida.

Si una sobredosis no me extermina, seguramente lo hará la soledad.

¿Y qué te digo de mi pobre hijo?

Siento pena por él, que nació de un padre que no sabía que existía y de una madre que, en vida, no lo quería...

Siento tanta pena por mi pobre hijo que, tan chiquitito, y ya tuvo que conformarse conmigo para salvarlo de su moribunda vida.

Ay, pobre de Dios que tan poquito sabe de la vida. Poner en mis manos una vida, cuando yo a duras penas sé qué hacer con la mía.

Cada frase, cada confesión, era como un grito de auxilio. Más que leer una historia de vida, sentía que estaba frente a un sacrilegio. Lincoln había vertido en esas páginas toda la médula de su ser, sin filtros, sin reservas, como si no le importara dejar al descubierto sus heridas más profundas. Cada palabra revelaba no solo el caos de su mente, sino también un amor desesperado. Derrick, aunque admiraba la belleza trágica de la prosa, no podía ignorar el tangible dolor que sentía solo con el agarre del manuscrito. Confundido entre la delgada línea que separa la realidad de la ficción, Derrick apartó la mirada del manuscrito y la dirigió hacia Lincoln. Allí, junto al cuerpo inmóvil, la figura de la Dra. Shiowanna se alzaba como un guardián silencioso de sus secretos. Sus ojos, serenos pero inquisitivos, buscaron los de Derrick. En ese cruce de miradas, las preguntas no necesitaban palabras: ¿Quién había sido Derrick para Lincoln? ¿Y quién era realmente el padre de Kenny?

—Esto no puede ser cierto —murmuró Derrick, su voz quebrándose, incrédulo.

La doctora Shiowanna, sin apartar la mirada de él, respondió con calma:

—¿Entonces por qué te afecta tanto?

Sus palabras, simples pero directas, cortaron como un bisturí. Derrick intentó responder, pero su boca, a pesar de estar abierta, quedó vacía. Cerró los labios lentamente, como si al hacerlo pudiera contener las emociones que amenazaban con desbordarse, atrapándolo en un silencio cargado de tensión.

—¿Por qué desapareciste? —preguntó la Dra. Shiowanna con una inquietud que permanecía pendiente desde que leyó el manuscrito.

—Porque lo hubiese matado si me hubiese quedado —Derrick admitió en una respuesta que no precipitó, pero que reveló una verdad que no conocía de sí mismo.

—Deberías hablar con Santiago.

Las palabras de Shiowanna se sintieron como una trampa cerrándose sobre él. Derrick apartó la mirada, incómodo. La mención de Santiago le revolvió algo profundo, una mezcla de curiosidad y miedo. ¿Quería realmente saberlo todo? ¿O prefería quedarse en la comodidad de la duda, donde al menos podía justificar su desconexión?

———

A las 10:30 p.m., Derrick se halló en una encrucijada, dividido entre enviar un mensaje a Santiago para esclarecer la verdad de la vida secreta de Lincoln o responder a los constantes mensajes de RedSaint, quien lo instaba a unirse a una gran fiesta de Año Nuevo. De esas fiestas que atraen a todo tipo de hombres: los que salen cada fin de semana, los que aparecen de vez en cuando por falta de tiempo o por la culpa de sus excesos, y los novatos que llegan sin mucha expectativa, pero que al final de la noche son echados porque se niegan a regresar a sus aburridas vidas.

El hecho de que Derrick no hubiese respondido a los mensajes de RedSaint no significaba que no lo inquietaran. Una parte de él anhelaba sentir el pulso de la noche neoyorquina que tanto extrañaba y liberarse de la arrogante ansiedad que lo invadió tras salir de rehabilitación y enterarse de los trágicos acontecimientos que habían marcado la corta pero complicada vida de Lincoln. En el fondo, sabía que todos esos impulsos de liberación no eran más que falsas ilusiones destructivas disfrazadas de buena fe.

Cuando Derrick salió del hospital, RedSaint lo esperaba con el celular en mano.

—¡Hey! —lo llamó, acercándose por detrás.

Derrick se dio la vuelta para mirarlo de reojo, sin detener su andar; al ver el desespero en su rostro, torció los ojos, pensando que RedSaint no lo notaría.

—¿Qué haces aquí? —preguntó Derrick, fastidiado.

—Busco a mi amigo —respondió, irónico.

Derrick sintió la culpa mordiéndole las encías. Conocía a RedSaint mucho mejor de lo que se conocía a sí mismo, y en más de veinte años de amistad, nunca lo había visto tan solo y necesitado.

—No saldré esta noche —le advirtió Derrick.

—Un coctel para celebrar el Año Nuevo, luego vamos a casa y vemos alguna película, ¿te parece?

A Derrick se le escapó una sonrisa sarcástica, que RedSaint de haber estado sobrio, habría avergonzado, pero en su estado, lo ignoró.

—Tú nunca has regresado a casa antes del amanecer —arremetió Derrick.

—Y tú nunca has visitado a nadie en un hospital —replicó RedSaint, agriamente, sintiéndose juzgado.

Derrick se giró completamente hacia él. En los ojos claros y en la pupila dilatada de RedSaint, por primera vez notó un dolor profundo y un esfuerzo por demostrarle que aún era merecedor de su afecto.

—Lo siento, amigo. Tengo planes —dijo Derrick con una compasión ajena a su arrogante personalidad. Sin esperar respuesta, se giró para continuar su caminata.

RedSaint, con su personalidad alfa bien representada y adquirida, ardía de rabia al ser rechazado y humillado. Como si eso no fuera suficiente, el hecho de que lo llamara amigo lo hizo sentirse como un completo desconocido. Pero lo que realmente lo descolocó fue ese «lo siento» lánguido y sin personalidad, que lo redujo a la partícula más diminuta de un grano de arroz.

—¡Hijo de puta! —gritó RedSaint—. ¿Cuáles son tus planes, eh? ¿Cuidar de un vegetal?

—¡No es un vegetal! —ofendido, Derrick se dio la vuelta y le escupió las palabras en la cara, clavándole dos dedos en el pecho.

—Admítelo, está muerto, y si no lo han desconectado, es porque el pobre no tiene dónde caerse muerto.

—Tiene a sus amigos.

—¿Sus amigos? ¿Qué amigos va a tener? ¡Yo lo traje aquí! Fui yo quien lo encontró hecho mierda en la pista de baile. Fui yo quien le di mi inhalador para que agarrara oxígeno, porque el pobre parecía un ternero degollado. ¡Fui yo! Ninguno de sus amigos se apareció.

—Sí tiene amigos... y aquí los doctores le tienen mucho aprecio.

—A los doctores no les importa un inmigrante, Derrick. Le tienen lástima por ese estúpido diario que escribió.

—Manus... —corrigiendo a RedSaint, Derrick se interrumpió, sorprendido al asumir que RedSaint también había leído el manuscrito—. ¿Tú como sabes del manuscrito?

—Todo el mundo lo ha leído —respondió con desdén, cruzando los brazos.

—¿Sabías que tenía un hijo? —preguntó Derrick, con la voz llena de incredulidad.

—¿Cuál hijo? ¿El hijo al que casi mata de una sobredosis? —replicó RedSaint, su tono gélido y cargado de desprecio—. No es su hijo, ni tampoco tuyo. Ese niño es una mentira, y él es un drogadicto —añadió, escupiendo las palabras con amargura—. Ojalá que no despierte nunca.

Derrick le dio un puñetazo en la cara.

—¿Y tú qué eres, eh? —gritó, con la voz temblando de rabia.

RedSaint no esperaba el golpe. Aunque podría haber respondido, no lo hizo. El impacto lo dejó helado, más por las palabras de Derrick que por el dolor en su rostro.

—¿Quién demonios te crees tú que eres? —gritó Derrick, con los ojos ardiendo de furia—. Solo porque logras funcionar como un imbécil no significa que no seas un adicto. De hecho, tú eres el peor de todos nosotros.

—¿El peor de todos nosotros? —murmuró RedSaint, ofendido. Pero antes de que pudiera continuar, Derrick lo interrumpió.

—No te hagas el idiota, Saint. —Derrick dejó escapar una risa amarga, más para sí mismo que para su interlocutor—. Recreativas los fines de semana, funcionales durante la semana. Esteroides para los músculos, viagra para el sexo. Eres la mentira más grande que haya conocido antes.

—¿Y tú qué, Santo Derrick? ¿Qué hay de ti? —RedSaint replicó, su voz cargada de veneno.

Derrick lo miró, acercándose lo suficiente como para que sus palabras fueran un cuchillo entre ambos.

—¿Yo? Yo nunca pretendí ser otra cosa.

Por un instante, el tiempo pareció detenerse. El comentario golpeó más fuerte que el puñetazo. RedSaint, que siempre había estado orgulloso de su capacidad para caminar sobre la cuerda floja sin caer, sintió cómo Derrick acababa de desenmascarar su estrategia de supervivencia. Pero en lugar de responder, desvió la mirada, como si la confrontación lo hubiera reducido a nada.

—Quizás deberías ser tú quien un día nunca despierte— concluyó Derrick.

El silencio que siguió después fue helado. RedSaint lo miró, buscando confirmar si realmente había escuchado esas palabras salir de la boca de Derrick. Pero no encontró rastro de duda ni arrepentimiento en su rostro.

Derrick, sin un solo gesto de disculpa, se giró y empezó a alejarse, dejando a su amigo solo bajo las luces artificiales de la ciudad. Cada paso que daba era un esfuerzo por contener la rabia que aún latía en su pecho, mezclada con una punzada de culpa que lo hundía y lo liberaba al mismo tiempo. Sintió el escozor en los nudillos, aunque no supo si era por el golpe o por el frío que se filtraba en su piel. «No somos tan diferentes,» pensó. Pero esa idea, aunque real, lo llenaba de una amarga repulsión. No podía permitirse pensar eso; no ahora, no nunca. Sacudió la cabeza y se obligó a desecharlo, enterrándolo en el rincón más oscuro de su mente.

Por su parte, RedSaint quedó inmóvil, procesando el golpe físico y emocional. No era el dolor en su rostro lo que lo paralizaba, sino el eco de las palabras de Derrick, que perforaban la armadura que había construido a lo largo de los años. Había dedicado su vida a funcionar en un caos que él mismo había diseñado como mecanismo de supervivencia, y ahora, esas palabras amenazaban con desmoronarlo todo. Por primera vez en mucho tiempo, no supo qué hacer ni tampoco supo cómo sentirse. Aunque quiso gritarle a Derrick llamándolo por su verdadero nombre: '«Kenny» no pudo, porque su amor por él era más grande que el odio que había reservado para sí mismo.

Times Square era casi imposible de navegar; la mayoría de las calles estaban cerradas y la multitud frenética era una locura. Finalmente, Derrick logró liberarse de la multitud y se dirigió hacia el oeste, hacia el río. Después de una larga espera, finalmente consiguió un taxi, que tardó casi una hora en llegar a SoHo debido al denso tráfico. Al salir del taxi, una extraña sensación lo envolvió; un vago recuerdo emergió, pero nada concreto.

—Mira quién está aquí.

Al girarse, encontró a Santiago cruzando la calle con Kenny en el cochecito. El niño, desde el cochecito, ya lo observaba con la misma intensa curiosidad. Derrick intentó evitar su mirada, pero le resultó imposible. Había algo en aquellos ojos, también azules, que lo hacía sentir vulnerable.

—Pensé que no vendrías —dijo Santiago, rompiendo el silencio.

—Tráfico —respondió Derrick con desgana.

—Lo sé. Esta noche, todos tienen permiso para llegar tarde— respondió Santiago, con un elegante abrigo negro que indudablemente pertenecía a Lincoln. Pero Derrick no estaba escuchando a Santiago; su mirada estaba fija en los ojos inquisitivos de Kenny en el cochecito. Santiago levantó al niño.

—¿Lo quieres sostener? —preguntó, pero antes de que Derrick pudiera reaccionar, Santiago le pasó abruptamente a Kenny.

Derrick lo atrapó instintivamente; era eso o dejar que el bebé cayera. El parecido era innegable. Santiago sonrió sabiamente, y en esa sonrisa, Derrick pudo ver cuánto comprendía realmente Santiago. La incomodidad de Derrick era palpable. La curiosidad de Kenny era impecable. De repente, sonó el teléfono de Santiago. Sin decir una palabra, se alejó para contestarlo, y su voz se desvaneció en el fondo.

Segundos después, con la llegada del Año Nuevo, la calle estalló en vítores, la gente celebrando con alegría. Derrick miró hacia abajo, a Kenny, en sus brazos, y como siempre, los ojos del bebé estaban fijos en los suyos. Aún sin saber si era realmente su hijo biológico, Derrick no pudo ignorar el latido en su pecho, una inexplicable atracción que sentía cada vez que el niño estaba cerca.

—¡Feliz Año Nuevo! —dijo Santiago a Kenny cuando llegó, habiendo terminado de saludar a su familia en Colombia—primos y tíos—por videollamada. Lo abrazó con cariño. Luego, se giró hacia Derrick, y los dos compartieron un incómodo abrazo de «Feliz Año Nuevo», ese tipo de abrazos incómodos de ver. Luego él y Derrick subieron al loft. Para Derrick, todo parecía estar cerrando un círculo. Justo antes de entrar, el nombre de la mujer que lo había llevado allí resurgió en su mente.

—Jo Lynn —murmuró, recordando su nombre y esa mañana cuando ella lo echó sin piedad porque quería dormir sola. Desorientado y fuera de sí, Derrick había vagado sin rumbo por las calles de SoHo, sin saber a dónde ir y pareciendo un vagabundo. Solo cuando sus sentidos finalmente se aclararon se dio cuenta de que no tenía billetera ni teléfono, pero aún así logró tomar un taxi para ir a casa. Se avergonzaba tanto de ese recuerdo que nunca contó aquella historia a nadie.

—¿La conoces? —preguntó Santiago sabiendo la respuesta.

Derrick no respondió, pues su desconcierto sacaba a flote su instinto de supervivencia. Santiago, quien había leído el manuscrito dos veces y había depositado sus esperanzas en que él era el Derrick de la historia de Lincoln, se desinfló como un globo al darse cuenta de que el Derrick frente a él, era el verdadero Derrick. Al verlo en la puerta, rígido y traumado como una piedra, comprendió el final de la historia que nunca nadie le contó sobre él y Jo Lynn.

—Puedes irte si quieres —ofreció Santiago—, y no te preocupes, que nunca le diré que volviste.

Si Derrick se quedaba para asumir la paternidad de Kenny, Santiago sabía que sería desterrado de la vida del niño. Pero si Derrick se marchaba, la historia tomaría rumbos inciertos.

Derrick no dudaba ni por un segundo que la decisión correcta en ese momento era marcharse, pero, a diferencia de su mente, sus pies parecían anclados al suelo, atrapándolo en un dilema que lo desgarraba: quedarse y fracasar como padre o marcharse y esperar al final de sus días para morir solo como un perro de la calle. Sabía que, sin importar qué eligiera, ambas decisiones lo condenarían. Finalmente, giró sobre sus talones y comenzó a caminar por el pasillo. Aunque el tramo era breve, a él le pareció interminable. Santiago tragó en seco, observándolo alejarse con una mezcla de vergüenza y decepción. En ese momento no lograba entender por qué esta última lo invadía, si, después de todo, Derrick, seguía siendo un completo extraño para él. Todo cobró sentido al comprender que la tragedia se reducía a que su amigo había estado ciegamente enamorado de un perdedor.

—¿Lo violaste? —preguntó antes de perderlo de vista.

Derrick se detuvo, y se giró hacia él.

—Nunca lo toqué —confesó.

—Ah, claro... sí es cierto —replicó Santiago, adolorido, rebotando el comentario con sarcasmo—. ¡Fueron tus amigos! —añadió, con una rabia disfrazada de cortesía.

Cuando Santiago leyó el manuscrito de Lincoln por primera vez, no pudo creer lo que suponía, y no porque no quisiera, sino porque no tenía sentido. Conociendo de primera mano el caos emocional que Lincoln atravesó en sus últimos meses, era obvio asumir que aquellos eventos catastróficos descritos formaban parte de la inestabilidad de su mente, amplificados por la innegable destreza de su imaginación. Pero observando a Derrick tan de cerca, desenvolviéndose en su propio elemento, era evidente que todo fue real, y que su intención con la repentina visita no tenía nada que ver con redimir sus culpas, sino buscar respuestas.

Derrick esperó que Santiago dijera algo más, pero como él permaneció en silencio, se dio la vuelta para marcharse.

—Mi novia está embarazada —confesó Santiago, rompiendo el silencio equidistante entre los dos.

Esta vez, Derrick no se giró, pero escuchó con mayor atención.

—También seré papá —continuó Santiago— y cuidaré de ambos con lo poco que tengo, y me aseguraré de que ninguno de los dos termine siendo como tú —concluyó, y sin esperar respuesta, se dio la vuelta, entró al loft y cerró la puerta tras sí, dejando a Derrick solo y más perdido que a su llegada.

Desde la ventana, Santiago observaba a Derrick en la calle, haciendo nada, de pie, mirando lejos en la distancia, esperando por algo o por alguien, o quizás simplemente perdiendo el tiempo. La noche se extendió fría y empezaba a sentirse taciturna. Y aunque a Santiago no debía importarle, le importaba. Lo reveló la preocupación en su mirada, una que, de no haberse reflejado en algún espejo, nunca hubiese sido percatada. Cubriéndose detrás de las cortinas, en caso de que Derrick mirara hacia la ventana, recordó cómo su madre le gritó en aquella noche de Navidad, con el alma rota, que su novia estaba embarazada y que él sería padre, justo antes de lanzarla al suelo en un arrebato de furia; no a su madre, a su novia. Sin pensarlo más, tomó el juego de llaves, y sin soltar a Kenny de sus brazos, bajó a la calle dispuesto a ofrecerle un lugar donde dormir. Después de todo, era Año Nuevo. Pero al llegar a la calle, ya Derrick se había marchado con sus miedos y sus dudas.

———

En Nueva York no hay mucho que hacer en la madrugada del Año Nuevo. Cuando la esfera de Times Square ya ha caído, solo queda esperar otros 365 días para volver a verla brillar en todo su esplendor, o salir a celebrar, o rendirse al sueño. Derrick no estaba listo ni para dormir ni para celebrar. Sin embargo, ya estaba afuera.

La fiestas de música electrónica de fin de año prometían como cada año, atrayendo con genuina excitación hombres de todas partes del mundo para festejar el inicio de otro año y las promesas que, su mayoría, no cumplirían.

Derrick llegó al lugar del evento con la única promesa de no consumir droga alguna que lo hiciera perder su centro, manteniéndose firme en su sobriedad. Mientras la multitud se perdía en el desenfreno, Derrick buscaba el rostro perdido de RedSaint. ¿Por qué lo hacía? Ni él mismo lo sabía.

—¡Derrick! —gritó alguien con una voz tan aguda que agujeró la constante vibración de los beats del DJ. Ese alguien vestía prendas tan luminosas y diminutas que cabrían fácilmente en una mano y sin conflicto desaparecían en el bolsillo de una chaqueta.

—¿Qué haces aquí? ¡Qué gusto verte de vuelta! Te ves espectacular —dijo de un tirón, apenas sosteniendo la respiración. El género de ese alguien no era un tema abierto a la discusión, pero era evidente que su interés gravitaba hacia hombres de piel oscura y atributos extremadamente generosos.

Derrick respondió con una sonrisa fingida, que para el desconocido, pareció genuina.

—¿Has visto a RedSaint? —preguntó Derrick, sin rodeos, casi seguro de obtener una respuesta positiva.

—Está por aquí —respondió, mirando a su alrededor como si de pronto RedSaint pudiera materializarse. Sus ojos, dilatados por el euphorix, brillaban con prematura conmoción—. Si esperamos aquí, seguro aparece —dijo, con certeza absoluta.

Al regresar su atención a Derrick, notó su cara larga.

—Te ves bien aburrido —comentó, mientras rebuscaba por algún entretenimiento en su cangurera—. ¿Qué te estás metiendo? —le preguntó, en referencia a qué drogas había consumido para así ofrecerle un poco de lo mismo.

—Nada —respondió Derrick.

—Con razón no has encontrado a RedSaint —replicó, torciendo los ojos, en una muestra que pudo ser graciosa, pero definitivamente fue sarcástica. Luego, como un mercader experimentado, comenzó a desplegar su inventario—. ¿Qué quieres? Tengo ketamina, cocaína, euphorix, éxtasis, molly, viagra... Dime, ¿qué quieres?

—Estoy bien, gracias —respondió Derrick, algo incómodo ante la tentadora oferta.

—¡No estás bien! —aseguró, mientras continuaba rebuscando en la cangurera hasta dar con una pequeña cuchara medieval en miniatura para repartir sus polvos: ketamina—. ¿Puedes alumbrarme aquí con la linterna de tu celular? —preguntó, pero al levantar la mirada en busca de respuesta, notó que Derrick ya se había esfumado de su limitado radar, dejándolo solo en la vorágine de la noche.

———

El dos de enero, Derrick se encontraba pensativo, mirando al techo con la cabeza apoyada en la almohada, consultando con ella sus pensamientos y últimas decisiones, aunque con muy poca fe, pues aquella almohada, con una reputación inigualable había sido responsable de todos sus movimientos. La televisión, como siempre, cumplía su oficio en la habitación de Derrick: llenar el espacio con ruido de fondo. Desde niño, había encontrado incómodo el silencio, especialmente cuando se infiltraba de manera clandestina.

—Última hora —anunció el presentador, mientras la foto de RedSaint aparecía en la esquina superior derecha de la pantalla, ampliándose hasta ocupar todo el marco.

De repente, el teléfono sonó. Derrick, quien prefería los mensajes breves a las llamadas, contestó de inmediato al ver que quien llamaba era la madre de RedSaint. La única vez que ella lo había llamado fue para confirmar el intercambio de números.

—¿Derrick, estás con RedSaint? —preguntó ella, su voz teñida de desesperación.

—¡Sí! —mintió instintivamente.

—¡Gracias a Dios! —exclamó ella, rompiendo en una mezcla de alivio y gratitud.

Una voz masculina y preocupada se escuchó detrás de ella, como un mal presagio:

—¿Está en casa? —preguntó él, incrédulo.

—¿Está en casa? —repitió la madre, aún más urgida.

—¡Sí! —respondió Derrick, al tiempo que, sorprendido, notaba la imagen de RedSaint desplegada en la pantalla. Era la misma fotografía que él le había tomado en París en 2014. ¿Quién hubiese imaginado que aquella imagen, tomada para inmortalizar un día tan especial, ahora anunciaría su muerte en un canal nacional?

—...un hombre ha saltado desde el piso diecinueve de una torre de apartamentos en Manhattan... —anunció el presentador, mientras la foto de RedSaint continuaba proyectada en la pantalla.

Derrick sintió cómo el aire se atoraba en su garganta y todos los poros de su piel se erizaban. El teléfono resbaló de sus manos, y al otro lado de la línea, los gritos desesperados de la madre de RedSaint se ahogaron al caer el aparato al suelo.

———

La noche de Año Nuevo, tras recibir el puñetazo de Derrick a la salida del hospital, RedSaint decidió no amargarse la velada. Se lanzó a la lujuria de la noche, con esa mezcla de arrogancia y magnetismo que lo definía. Como era costumbre, no tardó en rodearse de viejos conocidos y nuevos desconocidos que al calor de los cuerpos y la euforia de las drogas se convertirían en «nuevos amigos».

Pasada la medianoche del 2 de enero, una cámara de seguridad captó a RedSaint entrando a la torre de apartamentos en la intersección de la calle 42W y la avenida 11. Caminaba con los brazos cruzados sobre el pecho, tratando de protegerse del frío mordaz. Había perdido la chaqueta y la camiseta en alguna de las tantas fiestas, que sin descanso, había asistido, quedando prácticamente semidesnudo, atrapando sin duda un resfriado que resultaría en una catarro verde. En su mundo, las fiestas no terminaban; se diluían. Aunque su expresión reflejaba agotamiento; su mente, terca e impoluta, se aferraba a la idea de que era preferible estar exhausto y en compañía, que cansado y solo en una cama fría.

A las seis de la mañana, la fiesta en aquel apartamento alcanzaba su clímax. Muchos llegaban, pero nadie se iba. La multitud, comprimida y febril, rugía con tal intensidad que el dueño del lugar comenzó a filtrar la entrada. A las 6:15, RedSaint, calzado únicamente con unas botas negras y un jockstrap de cuero, salió al balcón a recibir el aire congelado. Sostenía su celular, pero estaba tan intoxicado que ni siquiera podía componer un mensaje coherente a Derrick. Tampoco parecía sentir el frío, que a otro mortal, le perforaría los poros. Se aferró a la baranda, y de repente la nieve empezó a caer. Aunque la conocía desde hacía tiempo, nunca se había permitido contemplarla como lo hizo aquella mañana.

A las 6:18, otro asistente de la fiesta, envuelto en un abrigo de piel sintética, salió al balcón a fumar. Al terminar su cigarrillo, miró hacia abajo, instintivamente, para lanzar la colilla. Lo que vio hizo que el vértigo le recorriera el cuerpo. Un grito desgarrador escapó de su garganta, resonando con tal fuerza, que no solo aquellos al borde de una sobredosis en el interior del departamento despertaron, confundidos, tratando de entender qué había sucedido; también los vecinos de los edificios cuyas ventanas apuntaban al epicentro de la catástrofe. Tan agudo y desgarrador fue aquel grito, que la gente que caminaba por la calle se detuvo a observar la figura de aquel queer en el balcón del decimonoveno piso cubierto en un abrigo de piel sintética gritando a todo pulmón. El cuerpo de RedSaint yacía inmóvil sobre el techo del lobby del edificio, con los ojos abiertos hacia el cielo, como si pidiera clemencia al infinito. Sin prisa, la nieve comenzó a sepultarlo en un manto blanco, dejando al invierno el deber de silenciar lo que el infierno, en su momento, no había podido reclamar.

RedSaint no fue un mal hombre, pero caminaba por la vida con gafas de montura fina, empañadas de una espesa neblina. Su fría identidad se desarrolló a partir del rechazo de Derrick, en aquellos días cuando la juventud no les costaba nada. Ese rechazo lo empujó a crear una imagen mejorada de sí mismo, ayudada con el levantamiento de pesas en el gimnasio y el temprano uso de esteroides. En vista de que aun así no conseguía atención por parte de Derrick, canalizaba entonces su frustración hacia chicos más jóvenes, aquellos que admiraban su físico con una ingenuidad que él explotaba sin reparos. Los envolvía con falsos elogios, construyendo una fachada de intimidad que le permitía someterlos a su control, arrastrándolos al rincón más oscuro de sus noches.

Con el descubrimiento de las drogas recreativas, aquello dejó de ser un desliz moral para convertirse en un patrón fríamente calculado. El juego de abuso se intensificó cuando Derrick se unió a la rutina. Aunque Derrick nunca cedió a un encuentro sexual con RedSaint, este se conformaba con observarlo, desnudo, ejerciendo control sobre sus víctimas. Sus víctimas, atrapadas en un estado de inconsciencia inducida, eran sometidas a actos atroces que marcaban sus cuerpos más allá de lo que sus mentes podían recordar. Sin embargo, una vez cumplida la misión, la mayoría de las víctimas, guiadas por la confusión de sus cuerpos y la curiosidad de una memoria que no podía reconstruir con claridad la secuencia de los eventos, regresaban queriendo más. Pero para entonces, RedSaint y Derrick ya se habían empalagado de ellos.

Derrick se negaba a creer que RedSaint había saltado del decimonoveno piso. Él, que lo conocía mejor que nadie, sabía que sería incapaz; no con el pavor que le tenía a las alturas. Cada vez que Derrick organizaba una visita a Six Flags, RedSaint inventaba una excusa de último minuto para evitarlo, siempre con una sonrisa descarada que apenas disimulaba su temor. Aunque jamás lo admitió, nunca hubo necesidad. Además, si realmente hubiese saltado, habría dejado una nota. RedSaint tenía la costumbre de dejar mensajes por todo el departamento; si no era para quejarse por el desorden, era para desearle un buen día a Derrick, con un dejo de ironía porque dormía más que un perro chiquito.

Sentado en la cama, con el rostro iluminado por la luz azulada de la televisión, Derrick veía las noticias que anunciaban su muerte. La imagen del edificio en pantalla, con un techo cubierto de nieve que ocultaba los últimos vestigios de RedSaint, parecía una burla del destino. La incredulidad lo envolvía como una nube negra, y en su mente se dibujaba una sola conclusión: alguien debió haberlo empujado. Con tan mala suerte para RedSaint, el episodio de su muerte nunca se esclarecería, porque en aquella fiesta, la mayoría de sus asistentes lo habrían lanzado de un piso más alto sin pensarlo dos veces.

———

Las noches siguientes a la fatídica noticia, no logró conciliar el sueño, descubriendo que la soledad era más peligrosa que la misma noche. En la soledad, sus pensamientos eran más oscuros y sus impulsos más difíciles de controlar. El espíritu de aquel argumento frente al hospital lo perseguían como un demonio, especialmente las palabras que le escupió a RedSaint después de golpearlo: «...tú deberías ser el que nunca despierte». El remordimiento lo rompía. Incluso en sus peores momentos, RedSaint le había demostrado una lealtad inquebrantable. Atrapado en una culpa tan profunda que ningún desahogo lograba aliviar, se encontró en la cocina, frente a una línea de ketamina. Antes de inhalarla, se dio una bofetada tan fuerte que el eco se repartió por todo el departamento. Exacerbando una furia inesperada, recogió todas las drogas que RedSaint había abandonado tras su partida, y las arrojó al inodoro. Jaló la palanca, y con el corazón latiendo frenéticamente, observó cómo el agua se llevaba el último rastro del más grande de todos sus tormentos. En ese momento, comprendió que su batalla no era contra las drogas, sino contra la soledad y la noche.

Mientras tanto, en el loft de Lincoln, la vida comenzaba a incomodar a Santiago. Aunque Hartford, la madre de Jo Lynn, le ayudaba con los gastos, él no soportaba el encierro. Decidió comprar un tierno disfraz de Hombre Araña para Kenny, y juntos, se encaminaron a Times Square en busca de unos dólares. La ternura de Kenny atrajo a los turistas, llenando los bolsillos de Santiago. Después de cada jornada, Santiago entrenaba en el gimnasio cargando a Kenny para arriba y para abajo, como si fuera su bolso del gimnasio. En New York, los días eran cortos pero llenos de experiencias inolvidables. Aunque algunas noches parecían largas, Santiago, durante el día agotaba a Kenny como a un viejo, garantizando así, que durmiera como un bebé toda la noche.

En contra de su deseo, Santiago comenzó a restringir sus visitas a Lincoln, porque el hospital no permitía el ingreso de Kenny. Sus días, cargados de cansancio, solían terminar con él y Kenny desplomados en la alfombra. Si quería ver a Lincoln, debía contratar a una niñera y regresar al hospital, un esfuerzo que rara vez lograba reunir. Aunque cada noche se prometía visitarlo, bastaba una llamada a la Dra. Shiowanna. Ella siempre le aconsejaba que permaneciera en casa cuidando de Kenny, asegurándole que Lincoln estaba en las mejores manos y prometiéndole que, si algo extraordinario sucedía, él sería el primero en saberlo. Sin embargo, el 6 de enero, sin darle explicación alguna, la Dra. Shiowanna le pidió que se acercara al hospital lo más pronto posible. Santiago, inquieto, temió que el momento de la verdad había llegado, y le pedirían firmar los documentos para desconectar a Lincoln del respirador. Pero lo que encontró al llegar, fue una escena que lo tomó completamente desprevenido. El desarrollo de una narrativa que ni en sus pensamientos más elaborados habría podido imaginar.

Derrick dormía en una silla, con la cabeza descansando sobre sus brazos cruzados, apoyados en la cama, mientras sujetaba la mano de Lincoln.

—Aquí se la pasa todo el día —comentó la Dra. Shiowanna—. Lo baña, le corta las uñas, le peina el cabello. Un día incluso le lavó los dientes y le aplicó cremas hidratantes en la cara. Dicen que por las noches le canta y le lee Anna Karenina.

A Santiago le tomó más tiempo del necesario en procesar la escena. No sabía cómo sentirse al respecto, pero por un instante, en su mente apareció Lincoln sonriendo. Esa imagen, tan breve como poderosa, llenó su existencia de una inesperada compasión que se sentía pecaminosa. Al final, él y Derrick no eran tan diferentes. Ambos habían sido obligados a ser padres; ambos desterrados de sus hogares. Y ahora, en esa habitación que parecía suspendida en el tiempo, ambos compartían no solo la culpa por el destino injusto de Lincoln, sino también una soledad y un abandono especial que nunca antes habían experimentado. Pero, a diferencia de Derrick, Santiago tenía algo que a Derrick le pertenecía, algo a lo que se aferraba, arrancándole la vida para sobrevivir la suya.

Al tocarle el hombro, Derrick se sobresaltó, despertando de un sueño sin gran profundidad.

—No puedes seguir quedándote aquí —murmuró Santiago.

Derrick levantó la cabeza, descubriendo su rostro demacrado y cansado.

—¿Por qué? —preguntó Derrick, confuso, mirando a Santiago y luego a la doctora.

Santiago, sin saber qué contestar, miró a la Dra. Shiowanna, pidiendo una intervención.

Ella fingió una sonrisa incómoda y se marchó.

—No les gusta que estés aquí todo el tiempo —titubeó Santiago.

—Ellos no han dicho nada.

—Les da pena decírtelo —dijo Santiago—. Ve a casa y descansa un poco. Yo me quedo esta noche.

—¡No! —dijo Derrick, exaltado. Más que una respuesta, fue una reacción—. Yo me quedo aquí esta noche. Tú ve a casa.

Santiago notó que algo no cuadraba. Reconoció en el rostro de Derrick un miedo que no podía discernir, y prefería no indagar.

—Aquí no puedes quedarte —Santiago concluyó. Derrick, canalizando su molestia, le dio un apretón de mano a Lincoln, se levantó y se marchó.

Santiago lo observó partir sin remordimientos.

Derrick, obligado a retornar a su departamento, permaneció en la puerta aproximadamente una hora. Sabía que si entraba, esta vez, buscaría la forma de consumir. Su vida estaba tan restringida, que su sobriedad era lo único que lo mantenía preso, y él necesitaba sentirse libre, así fuera solo por un instante, para continuar la lucha en contra de su adicción.

En otro lado de la ciudad, Santiago, tendido en la cama, no había podido conciliar el sueño—la versión desprotegida de Derrick no abandonaba su mente—cuando, de repente, alguien a la puerta tocó.

En la puerta, Derrick, aunque permanecía erguido, tenía los hombros caídos. Nunca se había sentido tan vulnerable ni tan expuesto al rechazo. Las palabras no fueron necesarias. Santiago se reconoció en sus ojos y en el miedo que transmitían. Al final del día, él tampoco tenía un hogar, y nada en este mundo le pertenecía. Así que, abrió la puerta de par en par. Esa noche, en la cama matrimonial de Lincoln, Derrick acomodó su cabeza contra la pequeña barriguita de Kenny, y Kenny, dormido, envolvió su cabeza con sus pequeños brazos en un abrazo reconfortante. Santiago se recostó al otro lado de la cama, y los tres cayeron en un sueño tan profundo como el de Lincoln, tal vez no tan profundo.

———

En los días siguientes, sin necesidad de discutirlo, Santiago y Derrick formaron una rutina. Santiago se levantaba alrededor de las 6 de la mañana y preparaba el desayuno mientras Derrick se duchaba. Ambos desayunaban juntos, compartiendo conversaciones breves sobre Lincoln o sobre cómo preferían que se cocieran los huevos. Luego, Santiago salía hacia Times Square a trabajar, dejando a Kenny al cuidado de Derrick. Por las noches, al regresar, Derrick partía al gimnasio, entrenaba un par de horas, y luego pasaba la noche con Lincoln. Con el rostro más descansado, le leía Anna Karenina, imaginando cuánto habría disfrutado de la historia y la complejidad de sus personajes. Eventualmente, el sueño lo vencía, y bajo la protección silenciosa de Lincoln, profundamente a su lado dormía. A la mañana siguiente, ambos hombres se encontraban de nuevo en la cocina para compartir el desayuno. Esa rutina sin ceremonias, no solo los mantenía separados, sino que también, de manera extraña, los unía hasta que la noche del 22 de enero llegó, y con ella, Derrick arribó al hospital, envuelto en un abrigo negro y un gorro de lana, protegiéndose de los primeros copos de una tormenta de nieve que amenazaba con paralizar la ciudad por 72 horas.

La Dra. Shiowanna lo interceptó, su rostro iluminado por una emoción apenas contenida.

—Lincoln despertó —anunció, rompiendo la tensión en el aire.

El corazón de Derrick comenzó a latir tan deprisa que su primer instinto fue llevarse la mano al pecho.

—Durante su recuperación, su cerebro sufrió algunas anomalías —continuó ella con suavidad—. Puede que tome tiempo para que se estabilice.

—¿Va a poder escribir? —preguntó Derrick, como si en ese momento eso fuera lo único que importara.

El rostro de la Dra. Shiowanna fue revelador, pero aun así respondió:

—Lo dudo mucho, al menos, no por ahora.

Derrick asimiló la noticia, con lástima. Sabía que Lincoln se sentiría perdido sin la capacidad de escribir.

—¿Me recordará? —titubeó.

—Recordará las cosas buenas —respondió ella, con una sonrisa cálida que le brindó a Derrick una tranquilidad que, en otros tiempos, habría pasado desapercibida.

Entonces, la Dra. Shiowanna lo sorprendió con una pregunta directa:

—¿Te casarías con él?

Derrick parpadeó, desconcertado.

—Si se casaran, Lincoln podría acceder a una mejor asistencia médica. Esto ayudaría enormemente a su recuperación —explicó ella, detallando los beneficios.

—¡Sí! —respondió Derrick con una mezcla de audacia y decisión.

—¿Estás seguro? —preguntó ella, queriendo confirmar.

—¡Sí! —repitió él con firmeza.

—No hay vuelta atrás —advirtió—. Si decides casarte con él, será tu responsabilidad. Lincoln es indocumentado. ¿Entiendes?

—Mientras lleve mi apellido, no tengo ningún problema —respondió Derrick, su tono inquebrantable.

La Dra. Shiowanna sonrió, reconociendo al hombre que Lincoln había escogido para adorar.

—¿Te gustaría verlo? —preguntó suavemente.

La expresión cálida y esperanzada de Derrick se quebrantó, dando paso a una ansiedad que se le acumuló junto con todos los errores del pasado en la planta de los pies.

Guiado por sus emociones y la doctora Shiowanna, el camino hacia la habitación 430 se sintió interminable, como si de pronto hubiera olvidado dónde quedaba la habitación de Lincoln. Durante todo ese tiempo, se había acostumbrado a mostrar su vergüenza frente a un «agente dormido». Pero ahora, que se revelaba despierto, la idea de enfrentarlo lo llenaba de una incertidumbre punzante.

Lincoln estaba sentado en el borde de la cama, mirando fijamente el ventanal con la espalda hacia la puerta. Derrick no podía creerlo: el hombre al que había cuidado con tanta devoción, tendido en esa cama como un árbol caído, ahora estaba sentado, sosteniéndose por sí mismo. Al acercarse, vio a Lincoln moviendo suavemente la cabeza, tarareando una melodía. Sus ojos estaban fijos en la ventana, observando cómo los copos de nieve caían y se desvanecían al ser arrastrados por las ráfagas de viento. Aun así, parecía estar contemplando el lugar más pacífico del planeta. Derrick se sentó a su lado y rápidamente reconoció la melodía que Lincoln tarareaba, la misma que le había cantado cuando estaba inconsciente. Sonrió, acomodándose en la paz en la que Lincoln parecía estar envuelto.

—¿Lincoln?

Lincoln siguió tarareando, su mente perdida en algún rincón lejano. Derrick, sintiendo una conexión, comenzó a tararear junto a él. Tan pronto como Lincoln lo escuchó, lo miró, pero fue breve—solo un momento. Derrick reconoció al Lincoln que había conocido, pero rápidamente, se perdió de nuevo.

—Lincoln, soy yo, Derrick. Vine a verte.

Ninguna respuesta. El corazón de Derrick se hundió de preocupación.

—Lincoln, ¿puedes verme?— Los ojos de Derrick se llenaron de lágrimas.

Lincoln, atraído por las lágrimas, como si las viera por primera vez. Se interesó en esos ojos azules que contenían un océano entero en su interior. Suavemente, Lincoln levantó su mano, y tan pronto como tocó las lágrimas, cayeron como una cascada. Lincoln siguió las lágrimas, su mirada fija, como si intentara comprender el significado de ese profundo océano.

—¡Lincoln, mírame! —le pidió, levantando su mentón para guiar su mirada hacia la suya.

Los ojos de Lincoln parpadearon, pero no mostraban ningún rastro de reconocimiento.

—¡Soy yo, Derrick... tu Derrick! ¿Me recuerdas? —susurró, su voz temblando bajo la tensión—. ¿Por qué no me reconoce? —preguntó, con la voz al borde del pánico.

—Dale un poco de tiempo —le aconsejó la doctora Shiowanna.

—Estoy aquí contigo, Lincoln —murmuró Derrick, colocando la mano desnuda de Lincoln sobre su pecho, haciéndole sentir los latidos de su propio corazón.

Por un momento, Lincoln sintió sus latidos fuertes y constantes como un tambor de banda de guerra, pero rápidamente lo ignoró, continuando con la misma melodía.

Derrick le sostuvo el rostro de nuevo, con las manos temblorosas.

—¡Lincoln, soy yo... el hombre al que adoras! Lo escribiste para mí. Lo he leído todo... ¡por favor... dime algo!

Por primera vez en mucho, pero mucho, mucho tiempo, los ojos de Derrick se llenaron de lágrimas. Lágrimas que pesaban más que la vida que no les alcanzó para amarse al mismo tiempo. Como una lenta revelación, Lincoln, al notar sus ojos hundidos en lágrimas, levantó una mano hasta la cuenca de los ojos de Derrick. La primera lágrima cayó como una cascada, y Lincoln la observó deslizarse. Luego, al darse cuenta de que había más lágrimas en esos ojos azules, las tocó con una curiosidad silenciosa, como si nunca antes hubiera visto a alguien llorar. Ese simple acto quebró la compostura de Derrick.

—¡Hola! —logró decir entre lágrimas, con la voz traumada. Lincoln desvió la mirada hacia los labios de Derrick y alzó la mano para tocarlos, como si los descubriera por primera vez. El corazón de Derrick se hinchó con una esperanza frágil que temió romperse—. ¡Hola! —susurró de nuevo, y por un breve instante, los ojos de Lincoln se encontraron con los suyos, sosteniendo un destello de reconocimiento. Derrick lo rodeó con sus brazos en un abrazo fuerte y desesperado, uno que había esperado por mucho tiempo—. ¡Te amo! —susurró en su oído—. Te amo, te amo... Por favor, dime que todavía me amas. Dímelo, por favor. Las lágrimas caían sin restricción mientras lo mantenía tan cerca, que podía sentir contra su pecho el fuerte latido de su corazón.

Finalmente, conmovido por la desesperación, se apartó apenas lo suficiente para rozar sus labios con los suyos.

—¡Derrick, no! —la voz tajante de la doctora Shiowanna interrumpió el romanticismo del momento, jalándolo del hombro—. ¡No puedes besarlo! —advirtió con firmeza—, ya se ha ido.

El abrazo de Derrick se aflojó, y Lincoln, sin fuerza alguna, comenzó a escaparse entre sus dedos. Su rostro ya estaba pálido, sus labios morados, y su expresión sin vida parecía desvanecerse con una liviana soltura. Su cuerpo, aunque cálido, algunas partes como los pies y las manos empezaban a enfriarse.

Una ola de pavor recorrió a Derrick. La tristeza, la negación y la desesperación se aferraban a él mientras le suplicaba a la Dra. Shiowanna que volviera a conectar los tubos.

—¡Por favor... por favor, los tubos! ¡Pónganle los tubos de nuevo! ¡Necesita respirar! —suplicó Derrick, con la voz desgarrada.

—Derrick —susurró ella, su voz impregnada de un dolor reservado solo para aquellos que se llegan a conocer profundamente. Aunque nunca vio a Lincoln animado, lo había conocido a través del dolor impregnado en cada palabra de su manuscrito.

Dos guardias de seguridad entraron a la habitación 430, decididos a liberar el cuerpo de

Lincoln del abrazo de Derrick, que ya parecía un escudo protector.

—¡Esperen un momento! —ordenó la doctora, con una súplica implícita en su mirada, dándole a Derrick un instante más para despedirse—. Derrick, tienes que soltar el cuerpo —pidió con suavidad, tratando de alcanzar su corazón roto.

—¡Él no es un cuerpo! —protestó Derrick, entre la furia y la desesperación—. ¡Su nombre es Lincoln Passeri, y necesita respirar! —gritó, mientras se dejaba caer al suelo, detrás de la cama, abrazando el cuerpo sin vida, ahogándose en sus propias lágrimas que caían como fusiles de artillería.

Al ver su desesperación, la Dra. Shiowanna hizo una seña a los guardias para que se retiraran, asumiendo la responsabilidad de la situación.

Derrick, al fin, aflojó el abrazo, y temblando, comenzó a darle su propio aliento en un intento desesperado por devolverle la vida. Este momento quebró a la doctora, quien, incapaz de soportar la escena, salió de la habitación.

En el pasillo, se había congregado una multitud de doctores, enfermeras y personal del hospital que habían leído el manuscrito de Lincoln: El hombre que adoré. Con la cabeza inclinada y en silencio, permanecían solemnes, escuchando los últimos momentos de Derrick junto al hombre que lo había adorado hasta su último aliento.

La noche del 22 de enero de 2016, Lincoln Passeri murió en los brazos del hombre que adoró. Y con su partida, comenzó una tormenta de nieve, marcando un récord histórico en la ciudad de Nueva York.

FIN?
Nos vemos en el cine.

Querido lector,

No sé si merezco tu perdón, pero sí te
agradezco la compañía que le has dedicado a estos personajes que, por más que
hayan vivido en mi cabeza, a la fecha de
hoy todavía no han pagado renta.

Haber escrito esta incómoda historia
de amor, de alguna forma, me ha dejado
vacío. Espero que aquello de lo que hoy
carezco, de algún modo a ti te llene.

Si has quedado perturbado, me siento gratamente bendecido. Al sentarme a
escribir, solo quería plasmar una verdad
incómoda. Pero si, por el contrario, te ha
gustado... entonces ambos necesitamos
terapia.

Déjame tus pensamientos en una reseña
en la página donde compraste esta historia. Y si conoces a alguien que necesite
una luz en medio de sus noches oscuras...
compártela. Porque cuando tú y yo nos
hayamos ido, esta historia seguirá dando
vueltas por el mundo.

Con cariño,
— Mario Luxxor
New York

LITTLE *DOG*

es el cortometraje que retrata un breve episodio en la niñez de Derrick… uno que lo cambió todo.

A poetic black-and-white short inspired by European cinema, THE DAUGHTER'S SUNSET explores grief, beauty, and transformation.

www.voyaeonentry.com